세계음치

世界音痴

일러두기

1. 본문의 * 주석은 옮긴이와 엮은이가 표기한 것입니다.
2. 외래어 표기는 국립국어원 외래표기법을 따르되, 관용적인 표기는 그대로 따르기도 했습니다.
3. 작가의 요청에 따라 원문은 가능한 수정하지 않았습니다.

haru

차례

I

Ⅱ

Ⅲ

50%

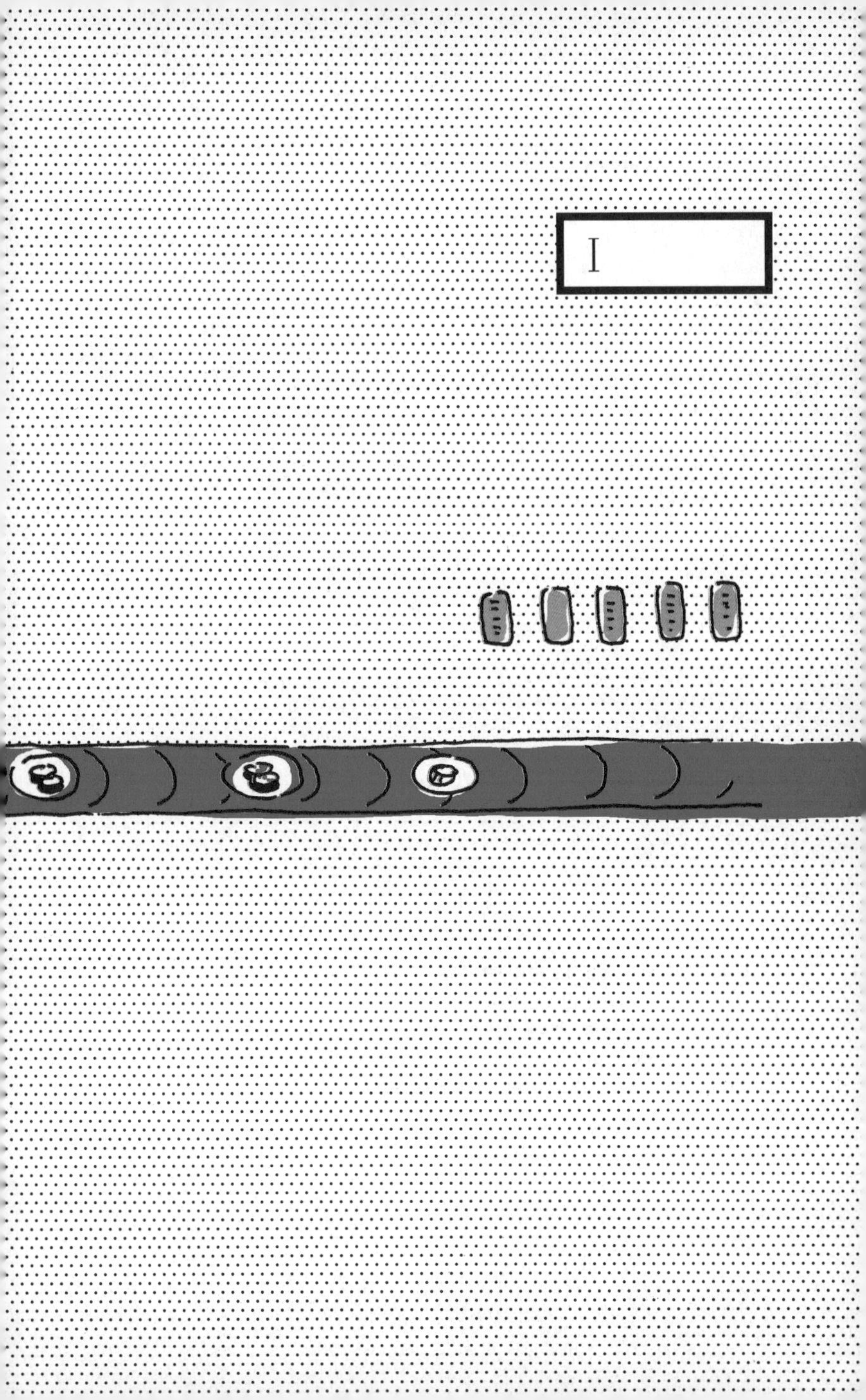
I

단카는 5.7.5.7.7의 음수율을 가진 31자의 정형시로서
대대로 일본인의 마음을 담아온 전통적인 서정시입니다.
한 줄로 쓰는 것이 원칙이지만 번역에서는 의미와 시적 운율을 고려하여 3~5줄로 옮겼습니다.
이 책의 단카는 띄어쓰기와 구독점 사용, 글자수의 파격 등 현대 단카의 실험적 형식이 보이므로
원작에 준해서 번역하며, 띄어쓰기는 행을 띄어서 번역했습니다.

1억 년 후의 생일

어린 시절 1999년에 내가 몇 살일지 생각했다. 이런 말을 하면 '아, 나도', '나도'라는 말이 많이 돌아왔으니 분명히 다들 한 번쯤은 생각하는 것 아닐까. 1999년은 노스트라다무스의 예언에 따르면 세계멸망의 해이다. 덧붙여 나이를 계산하면 나는 36살로, 그때까지 살아 있다면 이미 수많은 일을 한차례 겪었을 터이니, 뭐, 대충 괜찮겠다고 어린 나는 생각했다.

그런데 아시다시피 1999년이 찾아오고, 나도 계산대로

36살이 되었으나, 뜻밖에 아무것도 모른다는 것을 알았다. 가령 본인이라도 미래의 내 기분은 그때가 아니면 알 수 없다는 사실을 알게 되었다. 대개, 어릴 때 예상하기로는 36살이 되면 '수많은 일을 한차례 겪고 이미 끝나' 있어야 하는데 현실에서는 전혀 그렇지 않다. 나는 아직 결혼하지 않았고, 아이도 없고, 해외여행도 한 적이 없고, 샤부샤부를 먹어본 적도 없다.

아직 죽을 수 없다, 죽고 싶지 않다, 하고 싶은 일이 많다. 샤부샤부, 하와이, 허니문을 염원하는 사이 무사히 1999년이 끝나서 마음을 놓았다. 2000년을 맞이하여 몇만 명이나 죽을 것인가 하며 계속 두려워하면서 물 정도는 사다 둘까 멍하니 생각하는 사이에 새해가 밝았다.

2000년이 되고, 머리로는 '올해는 이천 년'이라고 이해했지만 〈'00〉이라는 표기법에 아직 적응하지도 못한 사이에 이번에는 드디어 2001년, 21세기인 것이다. 아, 미래에 와버렸구나.

그런데 말이다. 나는 평소 단카를 주로 쓰는데, 단카 시인이라는 인종은 전통적으로 생명의 무게에 집착하는 경향이 있다.

○

味噌汁は尊かりけりうつせみのこの世の限り飲まむとおもへば

—斎藤茂吉

된장국이란 소중한 것이로다

그저 덧없는

이번 세상에서만 먹는다 생각하면

—사이토 모키치

●

'소중한 것이로다'라든지 '이번 세상에서만 먹는다'라니, 이 시를 읽으면 작자는 이상하리만치 '된장국'을 좋아하는 것 같다는 생각이 든다. 하지만 그가 진짜로 집착하고 고마워하는 것은 사실은 '된장국' 자체가 아니라 된장국을 맛있게 먹을 수 있게 해 주는 자신의 생명이다.

특히 근대 이후의 시인은 시를 읊는 일을 통해 생명의 소중함을 반복해서 확인하고 있는 것이 아닐까. 그래서일까, 이시카와 다쿠보쿠처럼 요절한 사람을 제외하면 시인은 대개 장수한다. 《현대 단카 대사전》(산세이도)에는 '고령 시인 열전'이라는 기사가 실려 있을 정도다. 센자이슈(중고시대 와카집*)의 선자인 후지와라노 슌제이는 91살까지 살았다고 한다. 근현대 시인 중에서는 쓰치야 분메이 말고도 100살을 넘긴 사람이 많다.

나도 건강하게 가능한 한 장수하고 싶다. 어쨌든 2001년 정월 현재, 나는 여전히 결혼하지 않았고, 아이도 없고, 해외여행도 하지 못했다. 아직 하고 싶은 일이 너무 많다. 아, 샤부샤부는 먹었다. 맛있었다.

超長期天気予報によれば我が一億年後の誕生日 曇り

*

초 장기 일기예보에 따르자면

일억 년 후의 내 생일의 날씨는

구름이 낀다네요

*

5

10

15

회전 초밥 가게에서

회전 초밥 가게에 자주 간다. 아마도 평균 주 2회 정도. 그렇다면 1년에 백 번 이상 가는 셈이다. 식사할 때마다 무엇을 얼마만큼 먹고 싶은지 생각하는 것이 귀찮아서 빨려 들어가듯이 들어간다. 회전 초밥이라면 그 자리에서 원하는 것을 먹고 이제 배부르다고 생각한 순간에 그만둘 수 있다.

가게 안에 들어가서 자리에 앉을 때 코트를 벗어야 할지 어쩔지, 한순간 고민한다. 회전 초밥 가게의 자리는 대개 좁아서 코트를 둘 곳이 없다. 바닥에 두자니 거부감이 든다. 무릎 위에 올려 두어도 괜찮겠지만 아무래도 안정이 되지 않고, 간장을 흘려서 더럽힐 것 같은 기분이 든다. 대체로 코트를 벗는 것은 귀찮다. 일단 벗으면 돌아갈 때 다시 입어야만 한다.

부지런히 이런 생각을 하면서 결국은 코트를 입은 채, 쿵하고 자리에 앉아버린다.

찻잔에 티백을 던져 넣고 뜨거운 물을 따르면서 곧장 눈앞에 돌아가는 초밥의 흐름을 '읽는다.' 오징어부터 먹을까, 날개다랑어부터 먹을까, 아니면 광어 지느러미부터 먹을까, 생각하면서 '읽는다.'

○

穴子来てイカ来てタコ来てまた穴子来て次ぎ空き皿次ぎ鮪取らむ

—小池光

장어가 오고 오징어 문어 오고

다시 장어가 오고 다음 빈 접시

다음 참치 집어야지

—고이케 히카루

これなにかこれサラダ巻面妖なりサラダ巻パス河童巻来よ

—小池光

이거는 뭐지

이건 샐러드마키 기괴하구나

샐러드마키 패스 오이마키야 와라

—고이케 히카루

●

좋아하는 초밥 접시를 들고 먹으면서 한동안 원하는 것이 돌아오지 않으면 금세 '상류' 쪽을 바라본다. '미래'를 알고자 시계방향인 오른손을 노려보는 것이다. 왠지 굶주리고 있는 것 같아서 부끄럽다. 아, 나는 눈앞에 찾아오는 운명을 차분히 기다리지 못하는 인간이구나, 등등을 생각하면서 눈은 '시간'의 흐름을 자꾸자꾸 거슬러 간다.

어라, 어쩐지 한동안 좋은 것이 오지 않는데, 라고 생각한 순간에 "먹고 싶은 초밥이 있다면 주문해 주세요"란 말을 듣고 깜짝 놀란다. 이 점원은 마음을 읽을 수 있단 말인가.

실은 아까부터 성게 알이 먹고 싶었지만 먹고 싶은 것을 말하는 것이 주저된다. 그렇구나, 저 녀석은 성게 알이 먹고 싶구먼, 하고 그 자리에 있는 모두가 알게 되는 것이 부끄러운 것이다. 정말 내 마음을 읽을 수 있다면 점원이여, 아무 말 하지 말고 성게 알을 흘려보내 주오, 라고 생각한다. 하지만 역시 점원도 그 정도까지는 모르는 것 같다.

"자, 무언가 먹고 싶은 것이 있지? 말해 보지 그래"라는 점원의 무언의 압력을 느끼면서 "아니, 저는 개의치 마시고, 그 정도까지는 아닙니다"라고 역시 마음속으로 염원하며 초 생강 통에서 생강을 집고는 한다. 초능력자끼리의 텔레파시를 통한 대화다.

배가 불러옴에 따라 어디선가 조금씩 쓸쓸함이 찾아온다. 회전 초밥 가게 의자에 코트를 입은 채 오도카니 앉은

나 자신이 우주 끝의 홰에 앉아 있는 것처럼 느껴진다. 등 뒤는 암흑의 무한한 우주 공간, 눈앞을 반짝반짝 끊임없이 흘러가는 초밥들의 윤회.

아아, 어느새 나는 이렇게 멀리까지 와 버린 것인가.

돼지 해의 연하장

올해 받은 연하장을 되돌아본다. 나는 연말에 연하장을 보내는 성격은 아니지만 항상 새해가 되면 받은 만큼만 어떻게든 답장하고 있다.

올해 받은 연하장 총수는 126장. 그 가운데 '호무라 히로시' 앞으로 온 것이 118장. 본명 앞으로 온 것은 8장. 매년 그렇지만 본명 쪽으로는 인기가 전혀 없다. 만약 단카를 짓지 않았더라면 내게는 연하장이 8장밖에 오지 않겠구먼, 통절하게 재확인한다. 초등학교 2학년도 이거보다는 더 받지 않을까.

내용은 일러스트 첨부, 사진 첨부, 단카 첨부, 하이쿠 첨부 등 다양하다.

○

まどろみのうちに抱いた石ひとつ磨きあがるころ蛇の新年

—高柳蕗子

설핏 잠든 틈 꿈결 속에 안았던 돌멩이 하나

반질반질 닦아갈 무렵

뱀띠해 신년

—다카야나기 후키코

●

사진이 첨부된 연하장 가운데 가족사진이 네 장, 아이 사진이 다섯 장 있었다. 이것은 뜻밖에도 적다. 가족이 있는 친구들에 따르자면 '독신인 사람에게는 어쩐지 가족사진으로 만든 연하장은 보내기 좀 그렇기' 때문에 그 영향이 있을지도 모른다.

정말 그렇다. 그러고 보니 아기 사진을 봐도 바로 와 닿지 않는 탓인지 딱히 흐뭇한 기분이 들지도 않고, 공원에서 가족이 미소 짓고 있는 사진을 보아도 이 사람들이 행복했으면 좋겠다는 마음도 들지 않는다. 아니, 어느 쪽이냐면 가족사진을 보면 운명의 태풍아, 몰아치고 몰아쳐서 이 사람들을 뿔뿔이 흩어지게 하라고 생각하고는 한다. 내게 가족이 없으므로 그런 식으로 생각하는 것은 아니다. 아마도 이런 성격이라서 가족이 생기지 않았을 것이다. 가족사진 중에 한 장 특이한 것이 있었다. 찻집처럼 보이는 곳에서 테이블에 싱긋 웃는 남성과 떡하니 입을 벌린 여성과 무언인지 알 수 없는 남성, 셋이서 사이좋게 커피를 마시고 있다. 아니, 본 적이 있다면 있는데, 딱 벌린 입과 비닐처럼 보이는 피부의 질감은 이승 사람이 아니라 아무리 봐도 이것은 더치 와이프Dutch wife(리얼 돌, 등신대 여성 인형*)다. 또 한 명의 남성도 역시 비닐로 만든 사람 같은데 이쪽은 정말로 뭔지 모르겠다. 더치 프렌드?

애당초 이것을 가족사진이라고 불러도 괜찮은 것인가? 이 찻집은 어디란 말인가. S 씨는 두 사람을 양손에 들고 이 가게로 들어간 것인가. 셔터는 가게 사람에게 눌러 달라고 부탁했나. S 씨의 이 만면의 미소는……. 등등 이래저래 생각하면서 지긋이 들여다보고 말았다. 아아, 이 사람들이 행복했으면 좋겠다.

받은 모든 연하장에 어떤 식으로 답장하는가 하면 주소도 본문도 전부 볼펜으로 직접 쓴 '새해 복 많이 받으세요. 올해도 잘 부탁드립니다'이다. 거기에 작은 돼지 도장을 찍고 말풍선을 달아서 그 속에 '멍'이라고 쓰면 완성이다. 말풍선 속은 다양한데 '야옹'도 있고 '히힝'도 있다. '메에'도. '꼬끼오'도. 정월 데니스Denny's(일본 패밀리레스토랑*)에서 내가 그것을 쓰고 있는 모습을 올해 우연히 보고 있던 사람이 "불쌍해"라고 읊조렸다. 돼, 돼지 보고 한 말이죠?

가짜 안경

나는 도수가 없는 안경을 쓴다. 특별히 제작한 것이다. 어디가 특별하냐면 렌즈 대신에 유리를 넣은 평범한 도수 없는 안경과는 달리, 렌즈가 있어야 할 곳에 아무것도 없다. 즉, 테만 있는 안경이다. 눈이 좋으냐면 그렇지도 않고 엄청난 근시다. 처음 안경을 썼던 초등학교 6학년 때부터 점점 나빠져서 현재 시력은 0.1도 안 된다. 10년 전쯤까지는 평범한 렌즈가 있는 안경을 썼지만, 도수가 너무 높아서 소위 말하는 뱅뱅이 안경이 되어서 콘택트렌즈로 바꿨다. 그 위에 테만 있는 안경을 쓰고 줄곧 생활하고 있다.

콘택트렌즈를 끼는데 굳이 도수 없는 안경을 끼는 이유 중 하나는 안경이 없으면 얼빠진 얼굴로 변하기 때문이다. 안경은 얼굴의 일부입니다, 라는 광고가 있었는데 이것은 사실이라고 생각한다. 내 생각으로는 10년 이상 안경을 계속 쓰다 보면 눈과 코와 입과 눈썹 등과 마찬가지로 '그것' 도 얼굴의 일부라고 얼굴 자신(?)이 인식해서 안경이 존재하는 상태가 자연스럽도록 얼굴 전체 부품의 배치를 바꾸는 것 같다.

그 결과, 내 경우는 얼굴이 《도라에몽》의 '노비타(한국 이름 노진구*)'처럼 변했다. 고로 안경을 벗으면 얼굴이 전혀 긴장되지 않는다. 나뿐만 아니라 오랜 세월 안경을 쓴 사람의 민얼굴을 어떠한 기회로 보면, 그 사람이 평소에는 안경을 쓴다는 사실을 모르는 경우에도 '어라, 이 사람 무언가 얼굴이 쓸쓸한데' 라는 인상을 받는다.

나의 도수 없는 안경은 또 한 가지 커다란 이유가 있다. 여성에게 호감을 사기 위한 것이다. 나는 모든 여성이 남자의 안경을 좋아한다고 믿는다. 정확하게는 안경이 여성의 정복욕과 성욕과 파괴 충동에 호소한다고 믿고 있다. 구체적인 예를 들어 보겠다.

업무용 책상에서 열심히 무언가를 생각하고 있는 남자에게 여자가 갑자기 입을 맞춘다. 남자는 순간 깜짝 놀라서 도망가려고 하지만 피하지 못하고, 어느 틈에 이에 응해서 뜨거운 한때로 돌입한다. 다시 정적이 찾아왔을 때, 흡족한 마음으로 남자는 중얼거린다. 이런, 안경이 비뚤어졌잖아, 네가 마구잡이로 그러니까. 그 말을 듣고 여자는 기쁜 듯이 키득키득 웃는다.

이상은 나의 망상이지만, 이러한 광경의 배후에 존재하는 것은 무엇일까. 여성은 남자의 마음을 원한다. 동시에 발신원인 상대방이 자신과는 이질적인 먼 존재이기를 바란다.

앞에서 든 예로 말하자면 여성에게 이 남자의 '열심히 생각하는 것'의 내용은 '두 사람의 결혼식 계획'보다는 '인공위성의 설계'인 편이 더 바람직할 것이다.

설명이 길었지만 내 생각엔 남자의 안경이야말로 이질성의 상징이라고 할까, 그가 지닌 다른 세계로의 가교 같은 것이다. 안타깝게도 나는 문과 출신이라 인공위성을 설계할 수 없으므로 하다못해 도수 없는 안경을 써서 조금이라도 여성의 마음에 호소하려는 것이다.

置き去りにされた眼鏡が砂浜で光の束をみている九月

5

10

*

내버려 진 채 홀로 남은 안경이

모래밭에서 내리쬐는 빛줄기 바라다보는

구월

*

15

엄마

내가 된장국으로 손을 뻗으려고 하면 식탁 저편에서 "뜨겁단다"라는 말이 들려온다. 엄마다.

나는 현재 38세로, 회사 명함에는 과장대리라고 직함이 적혀 있고, 벤치프레스로 107.5킬로를 든 적이 있으며, 몇 권인가 책을 냈고, 닛케이신문에 에세이를 연재하고 있다. 물론, 된장국은 지금까지 몇 그릇 먹었는지 셀 수도 없다.

하지만 내가 된장국으로 손을 뻗으려고 하면 69세의 엄마는 반드시 "뜨겁단다"라고 말을 해야만 마음이 놓이는 것이다.

아니, 마음이 놓이는지 놓이지 않는지 하는 차원의 문제가 아니라, 뭐랄까 이제는 무조건반사처럼 이 말이 나오는 것 같다. "뜨겁단다"라는 말을 들으면 나는 내심, 욱하는데 한 치의 의심도 없는 상대방의 모습에 기가 죽어서 제대로 항의하지 못하고 '으음'이나 '으응' 같은 애매한 '소리'를 내고 그릇에 손을 대고 만다.

"엄마, 나는 38살이고 회사에서는 과장대리라고……" 마음속으로 외치면서.

된장국에 손을 댄 내가 화상을 입지 않은 것에 만족한 듯이 엄마는 조용히 눈길을 신문에 떨군다. 나는 안심하고 계속 식사를 한다. 하지만 몇 분 뒤에 다시 말을 걸어온다.

봤더니 노안경을 코에 걸친 엄마가 진지한 얼굴로 식탁 위의 한 지점을 가리키고 있다. '당근 표고 피망 돼지고기 볶음'이 담긴 접시다.

안다. 안다고. 알고 있다고. 그것이 맛있다는 것은 알고 있다. 당신이 만든 그 음식을 나는 몇 백 번이고 먹었으니까. 내가 그것을 싫어하지 않는다는 것을 알잖아요? 하지만 한 번에 몇 가지나 되는 반찬을 동시에 먹을 수는 없잖아요? 오늘은 아직 거기 손을 대지 않았을 뿐이잖아요?

하지만 식탁 위에 즐비한 반찬 중 내가 어느 것을 먹고, 어디에 손을 대지 않는지를 신문을 읽으면서 완벽하게 체크하고 있었다는 사실에 주눅 들어서 그 말을 입 밖으로 낼 수 없다. 나는 또다시 '으응' 같은 이상한 '소리'를 내고 얌전하게 '당근 표고 피망 돼지고기 볶음'에 젓가락을 대는 것이다.

무언가 이상하다. 어딘가 틀렸다. 아니, 이상하지는 않다. 알고 있다. 사실은 나도 알고 있다. 그래, 엄마 눈에는 분명히 내가 5살 어린아이로 보이는 것이다.

분명, 일찍이 나는 5살이었다. 그리고 "뜨겁단다", "이것도 맛있단다"라는 말은 당시의 내게는 정말로 필요한 중요한 것이었다. 그리 생각하면 나는 이미 뭐라고 말해야 좋을지 모르겠다.

회사 명함을 건네고, 내가 쓴 책을 보여드리고, 눈앞에서 무거운 바벨을 들어 올려도 엄마는 생긋 미소 지을 뿐이겠지. 엄마에게 득의양양하게 그런 행동을 하는 것은 5살의 나라서다. 엄마란 도대체 무슨, 무엇이란 말인가?

ひら仮名は凄まじきかなはははははははははははははは母死んだ

仙波龍英

5

10

*

히라가나는 무미건조하구나

はは はは はは はは はは はは はは

엄마는 죽고 없다

— 센바 류에이

*

15

はは는 엄마라는 뜻

비타민

애송이

역 앞의 빌딩에서 우연히 친구와 만나 '여어', '어이'라고 인사를 나눈 후 함께 서점에 가기로 했다. 한동안 가게 안을 둘러보고 나서 계산대에 서 있으니 친구도 줄을 섰다. 내가 가슴팍에 껴안은 책들을 보고 한순간 그녀가 숨을 죽이는 것을 알았다.

당시 내가 들고 있던 것은 《어쩌고 시간 관리》《어쩌고 작업 방법》《엄청 어쩌고 하는 법》《7가지 어쩌고》《30대에 해야 할 어쩌고》 등, 소위 말하는 자기계발서투성이로, 모두 9권이었다.

서점을 나와서 카페에 들러 이야기를 나눴다.

"왜 그런 책만 사?"

"훌륭한 사람이 되려고."

"그, 그래."

"응."

"그렇지만 음, 이것은?"

"아, 《멋진 여성의 시간표》 말이구나. 남성용 자기계발서는 비즈니스 관련 책이 많아서 재미가 없어. 여성용이 목욕할 때 뭘 넣어야 하는지, 냉장고를 잘 사용하는 법이나, 펌프스를 들고 다니는 방법처럼 생활의 세밀한 부분까지 잘 나와 있어서 읽으면 재밌어."

"펌프스……."

"응, 나는 신지 않지만 말이야."

이후 FANCL HOUSE(드럭 스토어*)에 들러 '비타민C', '비타민E', '멀티 카로틴', '칼슘 마그네슘', 'DHA', 'EPA', '콜레스테롤 서플리먼트(보조 식품*)', '기분 상쾌 서플리먼트',

'프로폴리스'를 사들이는 나를 보고 친구는 또 놀란 것처럼 말했다.

"그거 전부 먹어?"

"응, 뭐랄까 항상 몸이 안 좋아서."

"'기분전환 서플리먼트'는 뭐야?"

"허브의 일종으로 기분을 상쾌하게 하는 효과가 있대."

내가 그렇게 대답하자 그녀는 기가 막힌 듯 중얼거렸다.

"호무라 군은 정말 말기적 일본인이라는 느낌이야."

악담은 아니다. 그녀는 진심으로 그렇게 생각했겠지. 그리고 그 감상은 정확하다. 나조차 자기계발서와 각종 보조제의 효과를 정말 실감하는 것은 아니다.

비타민을 아무리 먹어도 완벽한 몸 상태는 되지 않으며, 자기계발서를 읽고 읽어도 전혀 훌륭한 사람이 된 것 같은 기색이 없다. 그래도 사 모으는 행동을 그만둘 수 없다.

'자아실현'이라고 하면 듣기에는 좋지만, 국가라든가 고향이라든가 가족이라든가 자랑이라든가 길이라든가, 자기보다 거대한 무엇과의 관계를 상실한(이라기보다 처음부터 갖지 못한) 내게 이것은 '나 자신을 사랑하는 것에 대한 추구'와 전혀 구별되지 않는다.

최후의 보루였던 연애에 열중하지 못하게 된 나는 이제 '나'밖에 열중할 것이 없다. 지금 나의 일상생활은 인간이 '나 자신을 사랑하는 것'을 극한까지 밀어붙이면 어떻게 되는지 인체실험을 하는 것과 비슷하다.

食後のむくすり十一種十三錠ひとつ足らぬといひて歎かふ
小池 光

*

밥 먹고 먹는 약 종류 열한가지 모두 열세 알

하나 부족하구나

말하며 한숨짓다

—고이케 히카루

*

1초로,

1초로, 한 인간의 모든 것이 밝혀지는 순간이 있다. 이를테면 겨울에 타인과 손끝이 닿아 정전기가 발생한다. '꺅' 소리를 내며 크게 손을 빼는 것은 반드시 내 쪽이다. 상대방은 정전기보다 내 호들갑스러운 반응에 놀란 얼굴을 한다. 무척 부끄럽다.

'꺅' 소리 지르며 손을 빼면서 나 자신도 머릿속으로 이것은 단지 정전기일 뿐임을 깨닫는다. 깨닫기는 하지만 그때는 이미 때가 늦었다. 내지른 소리를 다시 삼킬 수도 호들갑스러운 반응을 취소할 수도 없다.

상대방이 여성인 경우 나는 아, 이것으로 이 사람과 사랑에 빠질 가능성은 제로가 되었다고 체념한다. 어느 세상에 정전기 불꽃 하나로 자기보다 호들갑스럽게 '꺅'하며 손을 빼는 남자를 좋아할 여자가 존재한단 말인가.

정전기의 아픔에 강하거나 약하다는 체질의 문제는 아니라고 생각한다. 역시 인간의 본질적인 무언가와 관련된 문제다.

5년 전 겨울 삿포로에 갔을 때의 일이 기억난다. 얼어붙은 길 위에서 애인이 발이 미끄러졌다. 그 순간 나는 '헉'하고 놀라서 잡고 있던 손을 놓아버렸다. 의지할 곳을 잃은 애인은 보기 좋게 나동그라졌다. 그리고 한동안 눈 위에 넘어진 채 움직일 수 없었다. 나는 그런 애인을 망연히 내려다보고 있었다. 최초의 타이밍에서 손을 놓아버렸더니 무서워서 두 번 다시 손을 잡을 수가 없었다.

이윽고 애인은 홀로 벌떡 일어섰다. 그리고 엉덩이의 눈을 털어내며 나, 무언가 깨달은 것 같아, 라고 중얼거렸다.

나는 아무 말도 할 수 없었다. 이럴 때 무슨 말을 할 수 있겠는가. 그 사람과는 결국 헤어졌다. 1초로 두 사람의 미래가 결정된 것이다.

사랑하는 사람이 발이 미끄러진 순간에 다부지게 팔을 지탱해 주며 미소 지을 수 있는 남자였다면 얼마나 좋았을까. 아니, 그 정도가 아니라 지탱하려다 함께 넘어져 버려도 괜찮다. 그랬다면 둘이서 함께 웃어버리면 그만인 일 아닌가. 그렇게 반응해서는 안 될 일이었다.

내가 소속된 단카 동인지에 번역가 니시자키 겐이라는 남자가 있다. 카페에서 단카 모임을 할 때, 그는 신인에게도 가차 없이 매섭게 비평한다. 그리고 상대방이 반론하면 반드시 이렇게 답한다.

"하지만 만약 지금 여기서 당신이 벼랑에서 떨어진다면 나는 분명히 팔을 잡고 구할 거야. 호무라 군은 얼른 물러서겠지만 말이지." 그럼 신입회원은 "그것은 그렇다고 생각하지만, 니시자키 씨의 의견은 역시……"라고 대답하고, 그대로 논의를 계속한다.

"그것은 그렇다고 생각하지만"이라는 것은 도대체 뭐란 말인가. 우선 카페 '르누아르' 시부야 파르코요코점 어디에 벼랑이 있단 말인가.

編んだ服着せられた犬に祝福を 雪の聖夜を転がるふたり

5

10

*

직접 뜬 옷을 입혀놓은 개에게

축복이 있길

15

눈 오는 성탄절을 뒹굴대는 우리 둘

*

단팥빵

출근 도중에 아키하바라 역 매점에서 단팥빵을 샀다. 오늘은 팥소가 고운 빵이 있어서 다행이다. 나는 고운 팥소를 좋아한다. 통팥은 알알이 씹히지만 고운 팥소는 조직이 부드럽다. 그 후 갈아타기 위해 길고 긴 에스컬레이터를 탔다.

계단 왼쪽에 서서 아무것도 아닌 척을 한다. 단팥빵을 완전히 잊어버린 척 하는 것이다. 하지만 잘 안 된다. 잊으려고 하면 할수록 블레이저 주머니에 든 단팥빵을 떠올리고 만다. 고운 팥소는 부드럽다. 참을 수 없어져서 북북 봉지를 뜯어버린다.

작년의 정기검진에 따르면 나의 중성지방 수치는 388이다. 이렇게 끈적끈적한 것은 인간의 피라고 할 수 없어요, 라고 의사 선생님은 놀라워했다. 그럼 뭐란 말이죠, 라고 나 역시 놀랐다. 게다가 모친이 당뇨병이라 유전될 가능성을 생각해 보면 사실은 통근 도중의 에스컬레이터에서 팥소가 고운 빵은 먹지 않는 편이 좋다. 그렇지만 이미 늦었다. 이제 먹을 수밖에 없다. 왜냐하면 봉지를 뜯어버렸기 때문이다.

주뼛주뼛 주변의 빵 부분만을 앙금의 징조가 느껴질 정도의 아슬아슬한 부분까지 베어 먹는다. 맛있다! 다음엔 각도를 조금만 바꿔서 다시 베어 문다. 맛있다!

손안에서 빙글빙글 단팥빵을 돌려가며 정신없이 몇 번이고 베어 물고, 베어 물고, 베어 문다. 몇 군데 방향에서 물어뜯은 단팥빵은 손안에서 별 같은 형태가 되었다. 로맨틱하다.

크기에 비해 묵직하게 느껴지는 것은 대부분이 앙금 그

자체이기 때문이다. 열량과 당분은 이 부분에 집중되어 있으므로 여기만 먹지 않으면 아무리 단팥빵을 먹더라도 당뇨병에는 걸리지 않을 것이다.

어이쿠, 에스컬레이터가 끝났다. 나는 단팥빵의 별 부분을 블레이저 주머니에 넣고 걷기 시작한다. 4호선에서 푸른색 전철로 갈아타면, 아키하바라의 다음은 간다. 다음은 도쿄, 유라쿠쵸, 신바시, 하마마쓰쵸, 다마치, 시나가와, 오이마치, 오모리, 가마타, 앗, 내립니다, 내려요.

플랫폼의 시계를 보니 무려 10시 3분 전이다. 큰일이다, 이대로라면 지각이다. 오늘은 절대 지각할 수 없는 날이다.

정기권, 정기권, 하며 황급히 블레이저 주머니를 뒤지면서 뛰기 시작한다. 그러자 주머니 속에서 손가락에 수상한 물체가 닿는다. 헉, 뭐지, 이거!? 어째서 어느 틈에 이런 게 내 주머니에? 라며 달리면서 그것을 쓰레기통을 향해 던진다. 쓰레기통 방향으로 던지면 그것은 버린 셈이 된다.

열 걸음 정도만 뛰었을 뿐인데 이미 숨이 찬다. 정기권, 정기권이 보이지 않는다. 지각하면 안 되는 날인데. 열심히

버둥거려도 다리가 앞으로 나가지 않는다. 얼굴이 일그러지고, 숨이, 다리가, 중성지방 수치가.

시계 바늘은 열 시를 가리키고 있다. 이미 끝이다. 그때 이상한 낌새가 느껴져 뒤돌아보니 쓰레기통에 버렸다고 생각했던 녀석이 하늘을 날아 쫓아온다. 아, 하고 소리 지른 내 입에 꽉 하고 한껏 날아 들어왔다. 맛있다!

「凍る、燃える、凍る、燃える」と占いの花びら毟る宇宙飛行士

*

'언다, 불탄다, 언다, 불탄다' 라며
점치는 꽃잎 하나씩 뜯어내는
우주비행사

*

세계음치

술자리가 질색이다. 친구에게 그리 말하자 술자리 같은 것은 그냥 자연스레 즐기면 되는 거 아니냐며 신기해 한다. 하지만 나는 정작 그 '자연스레' 즐기는 것이 가장 고역이다. 술자리에 나갈 정도라면 그 시간에 계속 팔굽혀펴기와 윗몸일으키기를 하는 편이 낫다고 생각한다.

술자리에서는 대개 양옆에 사람이 있다. 오른쪽 사람과 이야기하다 보면 왼쪽 사람이 신경 쓰여서 어찌할 바를 모르겠다. 왼쪽 사람과 이야기할 때는 반대이다. 양옆의 사람과 '자연스레' 이야기를 나눌 수 없어 지나치게 균형을 계속 의식하다 보니 힘들다.

이윽고 자리가 무르익으면 다들 '자연스럽게' 자리를 이동하기 시작한다. 자기 잔을 손에 들고 화장실에 간 사람의 자리에 '자연스럽게' 앉는다. 자리를 뺏긴 사람도 '자연스럽게' 또 다른 자리로 이동해서 그곳에서 새로운 이야기를 만들어 간다. 하지만 나는 처음 앉은 자리를 이동하는 일이 도저히 불가능하다.

다른 사람처럼 하면 된다고 생각해도 화장실에 간 사람의 자리에 내가 앉아버리면 무언가 무시무시한 일이 일어날 것 같은 기분이 들어서 몸이 움직이지 않는다. 왜냐하면, 나만은 '자연스럽게' 그것이 되지 않기 때문이다.

이것은 전혀 근거 없는 우려일지도 모른다. 가령, 초밥가게 카운터에서 무언가를 주문하려고 할 때, 나는 요리사의 움직임을 꼼짝 않고 보다가 손이 가장 한가해 보이는 순간을 노려 말을 건다. 가능한 한 정중하게, 분명한 발성으로 "죄송하지만 ●● 부탁합니다"라고 주문한다. 거의 동시에 술 취한 사람이 "거기 형씨, ○○"라며 탁한 목소리로 소리친다. 그 결과 어떻게 되느냐. 내 주문은 잊힌다.

취객은 요리사의 상황 같은 것은 보지 않는다. 정중하지도, 발성이 분명할 리도 없다. 단지 본인의 욕구에 따라 '자연스레' 말을 거는 것이다. 그는 더욱이 "아, ○○는 됐고, 역시 ◆◆"따위를 말하기도 한다. 이것으로 틀림없이 내 주문은 잊혀진다.

취객이 주문을 바꿨기 때문에 요리사가 혼란해진 것은 아니다. 말을 정정하는 통에 그와 나의 '자연스러움'의 낙차가 더욱 벌어진 것이 문제다. 그 증거로 취객 두 명이 동시에 "○○은 됐고, 역시 ◆◆"를 하더라도 요리사는 결코 주문을 잊어버리거나 하지 않는다.

'자연스러움'을 빼앗긴 자는 세상 속으로 들어갈 수 없다. 나의 주문은 아침 햇살에 녹는 유령처럼 어딘가로 사라진 것이다.

술자리 때, 멀리 떨어진 자리에서 호무라 군, 이라고 부르면 눈물이 날 만큼 기쁘다. 불린 이유가 무엇이든지 기쁘다. 서둘러서 그곳까지 갔을 때 "안경 좀 벗어 주라, 봐봐, 이 사람 안경 벗으면 웃기지"라는 말을 들어도 기쁘다. 이 세상과 한순간 접촉한 것이 기쁘다.

黄昏のレモン明るくころがりてわれを容れざる世界をおもふ
井辻朱美

5

10

*

저녁 무렵의 레몬이 환하게 굴러가는데
나를 용납치않는
세계를 생각한다
— 이쓰지 아케이

*

15

또다시, 세계음치

지난번에 〈세계음치〉라는 제목으로 '자연스러움'을 지니지 못해 세상으로 들어갈 수 없는 인간의 괴로움에 관해 썼다. 술자리와 초밥 가게 카운터를 예로 들었기 때문에 '세상으로 들어갈 수 없는' 것은 타인과의 거리감을 가늠하지 못한다거나 사람들 무리 속으로 들어가지 못한다고 생각하는 경향이 있는 것 같은데, 그것만이 '세상으로 들어가지 못하는' 일의 전부는 아니다.

몇 년 전에 우리 집에 놀러 온 친구가 방에 들어오자마자

"공기가 안 좋네. 창문 열게"라며 창을 열었다. 뒤돌아본 친구는 나를 보고 "왜 그래?"라며 놀란 듯이 말했다. 내 얼굴은 굳어 있었다고 생각한다. 심한 충격을 받았다. 이곳에서 산지 15년이나 지났는데, 나는 내 방 창문이 열리는 모습을 그때 처음 봤다.

방에 창이 있다는 사실은 알고 있었다(15년이나 살고 있었으니 당연한 일이다). 창이 열린다는 것도 알고 있었다(초승달 모양의 자물쇠가 붙어 있다). 공기가 나빠 숨쉬기 힘들다고 생각한 적도 몇 번이나 있었다(그때마다 두통약을 먹었다). 하지만 한 번도 창을 열려고 생각하지 않았다.

어째서 한 번도 그렇게 생각하지 않았냐고 물으면 대답할 수가 없다. 질문에 대답할 수 있었다면 이 글은 쓰지 않았다. 귀찮은 것과도 다르다. 생각이 나지 않는 것과도 미묘하게 다르다. 굳이 말하자면 나는 창문으로부터 '가로막혀' 있었다. 창이 열린 광경은 '너는 인간이 아닌 존재다'라는 선고처럼 보였다.

매년 반소매로 갈아입는 것도 남보다 하루 늦다. 거리에 나와 사람들이 반소매를 입은 모습을 발견하고 비로소 나도 반소매를 입는다. 고작 하루 차이는 대단한 일이 아니라고 생각할지도 모른다. 그렇지 않다. 그 하루는 '인간'과 '인간 이외의 존재'를 나누는 하루이다. 인간은 모두 '자연스럽게' 옷을 갈아입는다. 나는 그들의 흉내를 내서 반소매를 입는다.

이런 예가 무수히 많지만, 항상 애매하게 얼버무렸다. "호무라군은 멍하게 있으니까"라는 말을 듣기도 한다. "그러니까 이제 반소매 입어도 되는 것을 모르지"라고. 네에, 뭐, 그때마다 대답은 했지만 실은 나는 멍하게 있지 않았다. 오히려 보통 사람이 아무렇지도 않게 생각하는 일까지 하나하나 뼈아플 정도로 의식하고 있다. '자연스러움'을 빼앗긴 자는 그렇게 하지 않고서는 살아갈 수 없기 때문이다. 그러나 어떤 노력도 '자연스러움'을 대신할 수 없다. 타인은 나의 '부자연스러움'이 보일 때 반드시 눈치챈다. '마녀사냥'이 없는 시대라서 정말 다행이다.

'자연스러움'을 빼앗긴 일에 나보다 더 극단적인 예를 알고 있다. 그 사람은 담뱃불을 얼굴에 눌러도 아무것도 느끼지 않는다. 왜 느끼지 않느냐고 물어도 그 사람은 대답할 수 없다. 굳이 말하자면 세상의 아픔으로부터 '가로막혀' 있는 것이다. 세계음치세계음치세계음치세계음치세계음치세계음치세계음치세계음치세계음치세계음치세계음치세계음치세계음치세계음치세계음치세계음치세계음치세계음치세계음치. '자연스러움'을 빼앗긴 자는 세상 속으로 들어갈 수 없다.

いたみもて世界の外に佇つわれと紅き逆睫毛の曼珠沙華
塚本邦雄

5

10

*

아픔을 안고

세상의 바깥쪽에 서 있는 나와

붉은 속눈썹 안으로 말고 있는 석산꽃

ㅡ쓰카모토 구니오

*

15

팜피

Pampy

고등학교 2학년 겨울의 어느 날, 방과 후 교실에서 나는 홀로 팜피(주스의 일종*)를 마시고 있었다.

그곳에 "히사하루 몰라?"라고 말하면서 탁구부 이시하라 에이지 군이 찾아왔다. 히사하루는 여기 오지 않았다고 대답했다.

그런데 이야기가 끝나도 이시하라 군은 자리를 떠나려고 하지 않는다. 책상 옆에 우두커니 그대로 서 있다. 나도 어쩐지 뭐라고 말해야 할지 몰라서 멍하니 있었다. 한참 침묵이 흐른 후, 이시하라 군은 팜피를 가리키며 "빨리, 마셔"라고 했다.

내가 응? 이라는 표정을 짓자 "나, 지금 히사하루를 찾고 있으니까 급하단 말이야. 그러니까, 빨리, 팜피 마셔"라고 말한다.

내가 응? 응? 이라는 얼굴이 되자 "여기서 다 마실 때까지 보고 있을 테니까"라고 이시하라 군은 말했다. "혼자 마시면 허무하잖아?"

그것은 정말 기묘하고, 완전히 빗나간 상냥함이었다. 아니, 상냥함이 아니었을지도 모른다. 하지만 농담과도 같은 한마디에 놀랍게도 울고 말았다.

그때 교실의 모습을 떠올릴 수 있다. 야구부의 함성과 브라스밴드의 연습하는 소리가 뒤섞인 방과 후의 독특한 공기. 내가 앉아 있던 창가 자리. 이시하라 군의 놀란 표정. 20년 후인 지금도 그때 이시하라 군이 상냥하게 대해 준 일을 잊을 수 없다.

내 반응은 자신도 이상하다고 생각한다. 실제로 호의에

대한 기쁨과 감사의 정도가 명확하게 잘못되었다. 뭐라고 할까, 단숨에 무한대가 된 것이다.

내가 남보다 섬세하고 잘 느끼는 인간인가, 전혀 그렇지 않다. 평소에는 세수도 안 하고, 대인관계에서도 예를 들자면, 지인의 부고를 들었을 때도 일단 놀라기는 하지만 그것은 일종의 흉내와도 같은 것으로, 내심, 흐음, 정도밖에 느끼지 못한다. 섬세하기는커녕 둔하고 냉정하다고 해야 좋을지도 모른다. 부모님이 돌아가셨을 때의 내 반응을 벌써 걱정하고 있을 정도다.

그런데 방과 후의 팜피로 울어버릴 줄이야. 도대체 내 마음은 어떻게 된 것인지 불안해진다. 단순히 나를 향한 상냥함에만 이상하게 민감한 것일지도 모르지만, 그렇다고 해도 그런 일로 우는 것은 너무 이상하다.

하지만 지금, 다시 한 번 같은 일이 일어난다면(일어날 거로 생각하지 않지만) 어떨까, 뜻밖에 내 반응은 변함없을 것 같다는 생각도 든다.

나를 향한 상냥함에 대한 적정한 기쁨과 감사의 정도를

도대체 어떻게 남들은 가늠하는 것일까. 적정한 기쁨과 감사의 정도? 나는 모른다. 내 마음의 눈금은 망가진 건지도 모른다. 그러나 마음의 눈금이란 대체 뭐란 말인가. 어째서 마음에 눈금이 있는 거지?

ほんとうにおれのもんかよ冷蔵庫の卵置き場に落ちる涙は

5

10

*

정말 정말로 내 것이란 말인가
냉장고 속의 달걀 보관함으로
떨어지는 눈물은

*

15

과자빵

지옥

눈을 뜨자 얼굴 옆에 먹다 남은 과자빵(빵 표면에 달콤한 것을 붙이거나 단맛이 나는 재료를 넣어 과자처럼 만든 종류의 빵*)이 떨어져 있다. 또다. 또 그랬다. 먹다 남긴 과자빵은 완벽하게 찌부러졌다. 더군다나 밤새도록 몸부림을 쳤을 터이다. 침대 위는 부스러기투성이다. 일어나려고 엉겁결에 신음을 흘린다. 따끔따끔하다. 빵 부스러기가 트레이너와 셔츠와 바지 틈에 들어가서 나를 '따끔따끔'하게 만든다.

침대에서 빵을 먹은 기억이 없다. 적어도 제대로 된 기억은 없다. 그러나 밤중에 화장실에 갔을 때가 수상하다. 화장실에서 돌아오는 길에 어라, 이런 곳에 이런 것이, 하고 새벽 3시의 잠이 덜 깬 나는 기쁘게 과자빵을 잠자리로 들고 왔을 터이다.

'이런 곳'이라는 것은 복도의 신발장 위다. 어째서 복도 신발장 위에 과자빵이 있느냐고 물으면 어머니가 둔 것이다. 우리 집 신발장 위에는 늘 아홉 개가 든 스틱브레드 봉지가 세 개가 놓여 있다. 히키코모리에 가까운 패러사이트 싱글parasite single인 나를 위한 '제물'이다. 나는 기본적으로 이것을 먹고 살고 있다. 손님이나 택배 기사 등은 신발장 위의 과자빵 산을 보고 의아한 표정을 짓지만, 무언가 심상찮은 기운을 느끼는지 입 밖으로 의문을 내뱉는 사람은 없다.

내가 과자빵을 먹는 방법은 훌륭하다. 스틱 상태의 빵 끄트머리를 가볍게 물고 반대쪽 끝에 왼쪽 손바닥을 댄다. 그대로 마술사가 칼을 삼키듯이 쑤욱 하고 입속으로 밀어 넣는다. 쑤욱, 쑤욱, 쑤욱. 아마추어가 흉내 내는 것은 위험하다. 이것은 같은 과자빵을 몇 년이고 계속 먹어 온 자만이 몸에 익힌 기술이다.

하지만 그런 나도 한밤중에 잠에 취했을 때는 꽤 사정이 다른 듯하다. 애당초 끝까지 다 먹어야 한다는 의식이 없는지, 눈을 떴을 때 잠자리 속에 과자빵의 '꼬리'만이 세 개 남아 있거나 한다. 아침 햇살 속에 '꼬리'들이 대굴대굴 굴러다니는 모습을 상상하기를 바란다. 실로 암울한 기분이 든다.

"호무라 군은 어째서 결혼 안 해요?"라는 질문을 들을 때가 있다. 대답 대신에 이 '꼬리' 사진을 찍어서 보여 주고 싶다. 아내가 될 사람이 매일 아침 눈을 떠, 침대 속의 '꼬리'를 발견한다면 어떻게 생각할까. 싫지 않을까. 게다가 곁에서 잠든 인간이 자면서 쑤욱 하고 과자빵을 삼킨다면 요괴 같으리라.

내 생각엔 밤중에 무의식 상태로 과자빵을 먹어서 좋은 일은 하나도 없다. 칼로리 오버에, 충치가 생기고, 몸은 '따끔따끔' 해지고, 결혼할 수 없으며, 무엇보다 인간의 존엄

성이 위태로워진다.

어림잡아 계산해 보면 나는 이 '제물'인 과자빵을 통산 2,300개 이상은 먹었을 것이다. 2,300개, 오치아이 히로미쓰(1953년생, 전 일본프로야구선수. 쥬니치 드래곤스 제29대 감독*)의 생애 안타 수에 필적하는 숫자다. 그러나 나는 이 빵을 어느 가게에서 파는지, 아직도 모른다.

甘い甘いデニッシュウパンを死ぬ朝も丘にのぼってたべるのでしょう

*

달디 단 그 맛 데니쉬 과자빵

죽는 그날도

아침 언덕에 올라 먹고야 말겠지요

*

연애 | 유령

내가 과거에 사귀었던 여성의 이름을 인터넷에서 순서대로 검색해 봤다. 그런데 한 명도 나오지 않는다. 몇 건인가 나오기는 하는데, 열어 보면 명백하게 동명이인인 다른 사람뿐이다. 분명 그녀들은 홈페이지를 갖고 있을 타입은 아니다. 하지만 그렇다고 해도 타인의 기술 속에서조차 한 사람도, 한 번도 나오지 않는 것은 무슨 일인가. 모두 결혼해서 성姓을 바꾼 것일까. 아니, 그렇다고 해도 옛날 성도 전혀 나오지 않는 것은 이상하다, 따위를 생각하다 보니 점차 어쩌면 처음부터 다들 '존재하지 않았던' 것이 아닐까 하는 기분이 샘솟기 시작했다. 처음부터, 아무도, 존재하지 않았던 거야. 나는 아연해서 키보드에서 손가락을 뗀다.

길에서 사이좋게 천천히 걷고 있는 노부부를 보면 눈이 부셔 압도당한다. 아니, 그것은 '사이좋게'와는 어딘가 다른, 좀 다른 인상인데 잘 표현이 안 된다. 나는 지금 38살이니까 지금부터 만난 누군가와 생애를 함께하더라도 이미 '후반생을 보내는' 것밖에 안 된다. 내게는 꼭 붙어서 걷는 노부부가 내뿜는 아우라가 결코 손이 닿지 않을 무언가로 느껴진다. 그래서 눈부시고, 압도당하는 것이다.

여성과의 관계에 대해서 나는 늘 줄곧 완벽을 추구해 왔다. 나 자신이 허점투성이에 불완전한 주제에 처음부터 완벽한 상대와의 완벽한 관계를 바란다. 아니, '내'가 허점투성이기 때문에 오히려 완벽한 관계를 추구한다. 결과는 파탄의 연속이다. 그런 내 귀에는 '이 세상은 한 번뿐이다. 주인공은 누구?'라는 속삭임이 늘 들린다. 나는 그 소리를 거스를 수 없다. 이 세상은 한 번뿐이므로 한 명의 상대와 맺는 관계를 소중히 여겨야 한다, 불완전함을 상호 협력해서 메워가는 것이라는 논리는 이해한다. 이해하지만 그래도 그것이 안 된다. 연애도 오로지 나 자신을 사랑하는 것만을 추구해서 여기까지 왔다.

그 결과 지금 나는 투명한 유령이 된 감각에 사로잡혔다. 연애와 관련된 모든 것이 무척 멀게 느껴진다. 노부부만이 아니라, 뚱뚱하게 옷을 껴입은 젊은 커플이 손을 잡고 횡단보도를 건너가는 모습을 봐도 눈부시다. 그런 시절로는 이제 돌아갈 수 없다. 미래도, 그리고 과거도 유령이 갈 곳은 없다. 옛 여자 친구들이 '존재하지 않은' 것이 아니라 정말 '존재하지 않은' 것은 나일지도 모른다. 이 세상을 살았던 증거에 이다지도 집착하는 내가 어느 사이에 유령이 되어버린 것은 어째서일까.

문득 생각나서 내 본명을 검색한다. 한 건 나온다. 열어보니 고등학교 때 클럽 사이트다. 나는 천문부였다. 당시의 회지를 이십여 년 후의 후배가 텍스트로 만든 것이다. '나'는 부원 소개 기사 속에 있었다.

'이 남자는 무척 첫인상이 나쁘다. 스탠딩 칼라에 빨간 슬리퍼, 도수 있는 선글라스를 끼고 있으며, 선글라스 아래의 눈초리가 고약하다.' 이게 나란 말인가, 라고 생각하며 사랑을 모르던 15세의 '나'의 눈부심에 나는 완전히 멍해진다.

朝の陽にまみれてみえなくなりそうなおまえを足でおこす日曜

5

10

*

아침 햇살에 물이 들어 사라져 버릴 것 같은

너를 발로 흔들어 잠 깨우는

일요일

*

15

그 창 너머에

저녁, 차를 타고 신호 대기 중일 때, 도로변의 맨션 창문을 응시하는 버릇이 있다.

밝은 창문. 어두운 창문. 어두운 창문. 밝은 창문. 밝은 창문. 어두운 창문. 밝은 창문. 어두운 창문. 밝은 창문. 어두운 창문. 어두운 창문. 어두운 창문. 어두운 창문. 어두운 창문.

불빛이 켜진 한 창에서 행거에 걸린 윗옷의 실루엣이 비쳐서 애달픈 심정이 든다. 저곳에는 내 친구가 있을지도 모른다는 생각이 든다.

좋아하는 책과 음악, 이런저런 이야기를 할 수 있는 가장 마음이 잘 맞는 친구가 저 창 너머에 있는 것이 분명하다. 친구는 연인과 함께 살고 있는데, 느낌이 무척 좋은 여성이다.

노상 주차장에 차를 세우고, 내가 찾아가면 두 사람은 놀라면서도 웃으며 반겨준다. 친구의 연인이 음악을 틀어준다. 처음 듣는 곡이다. 이거 좋네요, 라고 말하면 그렇죠? 라고 그녀가 의기양양 해한다. 그때 "이것은 퍼커션에 목탁이 들어가서……"라고 말하며 커피를 든 친구가 들어온다.

고마워, 컵을 건네받은 나는 입을 댄 순간 놀라서 소리친다. "건더기가 안 들어 있잖아!" 친구의 눈이 웃고 있다. 친구의 연인은 어안이 벙벙하다.

그런 따사로운 방을, 그러나 나는 방문할 수 없다. 어째서일까, 어째서일까, 왜, 나는, 찾아가지를 못할까, 생각하는 사이에 눈앞의 신호가 파란불로 바뀌고 나는 밝은 창 너머에 '그들'을 남겨둔 채 차를 발진시킬 수밖에 없다.

그 방을 찾아가지 못하는 이유는 알고 있다. 아까 쓴 것은 전부 내 머릿속에서 일어난 일(공상)이기 때문이다. 현실의 창에 걸린 윗옷의 주인은 내 친구도 누구도 아니다. 거기 사는 것은 이름도 모르는 사람이다. 방문할 수 있을 리가 없다.

흐르던 음악도, 커피의 김도, 온화한 친구의 눈빛도, 연인의 웃는 얼굴도, 모두 내 마음이 만든 환상이다. '퍼커션에 목탁' 같은 어이없는 '친구'의 대사에서도 그러한 사실을 읽을 수 있다. 그리고 커피에는 원래 건더기가 들어가지 않는다는 것도 알고 있다. 건더기가 든 것은 된장국이다.

자, 슬슬 가볼게, 라고 말하고 일어서자 두 사람은 현관까지 배웅한다. 추우니까 이거, 라며 친구의 연인이 친구의 윗옷을 건넨다. 한순간 주저하지만, '다음에 가지러 갈게'라고 친구가 말한다. 그럼, 하고 나는 그것을 받아 든다.

계단참에서 뒤돌아 두 사람에게 손을 흔들고 계단을 내려온다. 노상 주차장까지 걸어서 차 문에 키를 꽂으며 올려보자 불빛이 켜진 창에 윗옷이 사라진 행거의 그림자만이 비치는 듯 보인다.

夢の中では、光ることと喋ることはおなじこと。お会いしましょう

5

10

*

꿈속에서는,

반짝인다는 것과 말하는 것은 어쩌면 똑같은 일.

그곳에서 만나요

*

15

전환 | 스위치

위에 그림자가 보인다는 말을 들었다. 놀랄 틈도 없이 정밀 검사를 받으라는 지시를 받고 내시경 카메라를 삼켰다. 재검사 일까지 불안해서 아무것도 손에 잡히지 않는다. 종종 듣는 이야기지만 현실에서 내 몸에 닥치자 '차원이 바뀌는' 것이다. 최악의 결과를 머릿속으로 몇 번이고 상상한다. 생생하게 상상하면 현실이 될지도 모른다고 생각해서 더 불안하다. 어두운 상상이 멈추질 않는다. 이윽고 재검사일이 찾아오고 결과는 '딱히 문제없습니다'였다.

병원을 나와 걷기 시작하자 주위의 모습이 어딘가 이상하다. 가로수 잎 한 장 한 장이 탄산 거품으로 싸인 것처럼 반짝반짝하다. 역 앞까지 걸어서 도넛 가게로 들어가자 가게 안에 흐르는 음악이 너무나도 감미롭게 들린다. 쟁반에 깔린 종이를 열심히 읽고 있는 나 자신을 깨닫는다. 도넛의 탄생 일화나 신제품 설명이 무척 흥미롭다.

모든 것은 '문제없습니다.' 이 한 마디가 내 마음에 일으킨 일이다. 공포에서 해방된 내 눈에 세상은 한없이 아름답다. 아무것도 두렵지 않고 매우 자유롭다. 이대로, 이 눈부시게 투명한 기분인 채로 산다면 얼마나 멋질까. 그러나 그런 감각은 오래가지 않는다. 걱정할 일 없는 나날이 다시 시작되어 나는 금세 원래의 우중충한 감각에 휩싸인다. 도넛에 관한 잡다한 지식을 그렇게 재미나게 읽던 내가 뛰어난 작가의 책을 읽어도 아무것도 느끼지 못한다. 모조리 지루하다.

침대에 드러누워 과자빵을 먹으면서 생각한다. 이 우중충한 기분의 이면에 반짝이던 세상이 분명히 붙어 있다. '문제없습니다' 한 마디로 간단히 스위치가 전환될 정도로 무척 가까운 거리에 그 세상은 존재한다. 하지만 손이 닿지 않는다. 세상의 전환 스위치를 찾을 수 없다.

답답한 현실 이면의 반짝이는 또 하나의 세상. 누구나 그 존재를 알고 있다. 감기의 고열로 고생한 후 열이 내려갈 때, 세상은 경쾌하고 아름답다. 라이브 공연 관람이 끝난 직후의 흥분 속에서 삶은 자유롭고 뜨겁다. 연애가 시작되었을 때, 우리는 탄산 거품으로 휩싸인 듯하다. 함께 웃지 않고서는 견딜 수 없다. 하지만 그런 감각은 무엇 하나 오래가지 않는다.

이를 틈타 이런저런 장사가 이루어진다. '반짝반짝'에 손이 닿을 것이라는 선전과 함께 수많은 책이 나오고, 기괴한 종교나 세미나가 유행한다. 그리고 나는 몇 번이고 거듭해서 속는다. 알고 있으면서도 속는 이유는 '반짝반짝'이 '지금, 이곳'의 이면에 존재한다는 것만은 진실이기 때문이다.

'반짝반짝'을 향한 전환 스위치에 관한 가장 단순한 아이디어를 읽은 적이 있다. 세상이 견딜 수 없이 우중충해서 답답할 때, 권총에 총알을 한 발만 넣고 탄창을 돌린다. 그러고 나서 총구를 자신의 관자놀이에 대고 방아쇠를 당긴다. 귓가에서 딸각하고 차가운 소리가 울려 퍼진 순간, 세상은 다시 생명을 되찾아 반짝이는 곳으로 바뀐다고 한다. 이 방법과 효과에는 거짓은 없다고 생각하지만 사소한 결점이 있기는 하다.

サバンナの象のうんこよ聞いてくれだるいせつないこわいさみしい

*

사바나 초원

코끼리의 똥이여 들어주겠니

나른해 안타까워 두려워 외롭단다

*

5

10

15

지옥의 드라이브

면허가 있다고 하면 네에? 하고 놀란다. 차 면허요? 운전할 수 있어요? 라는 질문이 돌아온다. 본인 면허에요? 라는 말을 듣기도 한다. 남의 면허를 들고 다니면 어쩌자는 거냐. 아무튼, 내가 자동차 면허가 있다는 사실은 사람들에게 무척 의외의 일로 여겨지나 보다. 그 기분은 안다. 하지만 나는 19세부터 '내 면허'를 가지고 차를 운전했다.

나는 운전을 잘 못한다. 아니, 나는 잘 모르겠지만 잘한다, 못한다는 개념을 초월한 이상함이 존재하는 것 같다. 왜 그렇게 생각하느냐고 묻는다면 교통 단속 오토바이나 순찰차나 길가의 경찰에게 자주 정지 명령을 받기 때문이다. 과속 등 구체적인 위반 행위가 있었던 것이 아니다. 아무것도 위반하지 않았지만 '이상하다'는 이유로 세워진다.

아마도 음주운전 등을 의심하는 것 같다. 일반적인 음주운전 단속이라는 것은 송년회 등의 시즌에 정해진 장소에서 기다리다가 일제히 이루어진다. 그런데 내 경우는 계속 차의 움직임을 주시하다가 세운다. 내가 맨 정신임을 알면 그다음에는 회중전등이 얼굴로 향한다. 콘택트렌즈를 확인하는 것이다. 이것도 제대로 끼고 있다고 확인한 후에야 겨우 해방된다.

헤어질 때 '조심해서 가세요'라는 소리를 들으면 욱한다. '조심해서'라니 무슨 소리야. 나는 충분히 주의를 기울여, 맨 정신으로 콘택트렌즈를 낀 눈을 부릅뜨고, 전력으로 운전하는데, 그런데 '이거'란 말이다. 교통 단속 오토바이를 탈 정도의 운전 엘리트가 이 기분을 알 턱이 없다. 자, 당신 단카 지을 수 있어?라고는 뭐, 말할 수 없지만 그렇게 생각한다.

몇 번이고 이런 일을 당하면 점점 불안해진다. 조수석에 탄 사람들에게 내 운전이 이상해?라고 물어 본다. 응, 이라고 단박에 대답한다. 뭐야, 알고 있었던 거야, 라는 인간도 있다. 알고 있지, 몇 번이고 경찰이 세우니까. 그래서 어디가 이상해, 라고 물으면 커브를 도는 법이나 차선 바꾸는 법이나 브레이크를 밟는 타이밍이 기분 나쁘다고 해서 어쩐지 상처 받는다. 내 운전이 '기분이 나쁘단' 말인가.

덤으로 운전 자체도 물론이고, 나는 길이라는 것을 전혀 외우지 못한다. 내 머릿속에서 길은 전부 직선인데 현실의 길은 굽어 있거나 고리 모양이니 안 되는 것이다. 달리는 도중에는 길끼리의 관계를 금방 깨닫지 못한다. 유일하게 내가 아는 것은 '풍경'이다. 운전 중에는 이 '풍경'만을 두리번두리번 보고 '아, 여기, 알아', '몰라', '아 또 알아', '몰라', '아 여기', '앗, 앗' 따위를 생각하면서 어디까지고 계속 간다. 언제 어디에 닿을지 아무도 모른다. 지옥의 드라이브다.

신기하게 그래도 조수석에 탄 여자는 누구 하나 한 번도 불평한 기억이 없다. 내 차에 타 줄 정도의 사람은 인간 여성의 모습을 한 신이란 말인가.

チューニング混じるラジオが助手席で眠るおまえにみせる波の夢

5

10

*

튜닝소리가 뒤섞인 라디오가

조수석에서 자고 있는 너에게

15

보여줄 파도의 꿈

*

얼굴을 가리고

회사에서 돌아오는 길에 저녁밥을 사려고 역 앞 슈퍼마켓에 들렀다. 폐점 직전의 가게 안을 둘러보니 다양한 음식을 싸게 팔고 있다.

표면이 하얗게 변한 참치 대 뱃살 팩(반값)을 손에 들고 살까 말까, 이득인가 손해인가, 아직 맛이 있을까, 이미 상하기 시작한 것은 아닐까, 고민이 들 때면 돌연 '아악' 하고 소리를 지르고 싶어진다. '인생이란 이것이 다란 말인가.'

그대로 주저앉고 싶은 것을 참고서 양손으로 얼굴을 가

린다. 손가락 틈으로 '대 뱃살'과 '중 뱃살'과 '파와 뱃살'이 보인다. 전부 반값이다.

이런 기억도 있다. 대학에 입학했을 때의 일이다. 아마도 봄이었을 것이다(보통 그렇지만). 18세의 나는 체육 동아리인 반더포겔(청년 도보 운동*) 부에 들어갔다. 반더포겔이라는 말을 몰라서 그냥 소풍 같은 건가 하고 들어갔더니 히말라야에 원정을 가는 본격적인 등산 동아리였다.

"그래도 너, 산악부 안 하기를 잘했어. 거기는 엄청 무서운 곳이거든. 2차 대전 후에만 겨울 산에서 스물 몇 명이 죽었으니까. 동아리 방에는 위패가 데굴데굴 굴러다녀. 그런 점에서 우리 반더포겔은 엄청 안전하지. 전후에 죽은 사람이 아직 딱 한 명뿐이니까. 그것도 정확하게는 행방불명"이라고 신입생 환영회에서 선배가 이야기했다. 정확하게는 행방불명이라니, 무슨 소리야. 아직, 이라니 무슨 말이냐고.

30명 정도 있었던 그해의 신입생 가운데 내가 가장 체력이 없고 약했기 때문에 자발적으로 훈련하기로 했다. 매일,

수의학부 주변을 달렸다.

어느 날 저녁, 평소처럼 혼자서 달리고 있는데 돌연 다리에 쥐가 나서 쓰러지고, 그때 시계탑의 종이 울리기 시작했다.

나는 길바닥에 쓰러져서 진땀을 흘리며 종아리를 어루만지며 격한 종소리를 듣고 있었다.

그 종의 소리를 기억한다.

종소리를 기억한다.

기억한다.

바로 얼마 전의 일처럼 느껴지는데.

정신을 차리자 나는 38세로, 넥타이를 맨 총무과장으로, 아내도 없고, 자식도 없고, 포세이돈도 로프로스도 로뎀(만화《바벨 2세》주인공 바벨2세의 세 부하*)도 없이, 대 뱃살 반값 패키지를 손에 쥐고 맛있을까 맛없을까, 신선할까 상했을까, 이득인가 손해인가를 생각하고 있다. 어느 틈에 이다지도 멀리 와 버린 것일까. '아아.'

(아아) (이것이 다란 말인가) (인생이란) (설마) (다) (이

것이) (그럴 리가)

멋진 일이란 것이 있을까. 멋진 일이란 무엇이란 말인가.

폐점을 알리는 음악이 흘러나오기 시작한 슈퍼마켓의 식품 코너에서 반값 초밥에 둘러싸여, 양손으로 얼굴을 가린 나를 경비원이 수상쩍게 쳐다본다. 계산대의 여자들이 피식피식 웃는다. 누군가의 아이가 손가락질한다. 다 보이거든요, 이 손가락 틈으로.

夏空の飛び込み台に立つひとの膝には永遠のカサブタありき

5

10

*

여름 하늘의 다이빙대에 올라

서있는 사람

무릎에는 영원의 딱지가 남았구나

*

15

잼가린

오, 어째서 멘델도 에디슨도 아닌 평범한 일개 연구원에 지나지 않는 나라는 사람이 이런 것을 생각해 낸 것일까. 나는, 나는, 잼과 마가린을 섞는 일을 생각했다. 한숨도 못 자고 아침을 맞이한 나는 보자기에 《그것》을 싸서 출근 전철을 탔다. 충혈된 눈으로 손잡이를 잡지도 않고 보따리를 껴안은 내 모습은 흡사 악마에 홀린 신부처럼 보였을 것이다. 연구소에 도착한 내가 떨리는 손으로 보따리에서 '그것'을 꺼내자 주위는 이상한 흥분으로 휩싸였다.

"말도 안 돼, 잼과 마가린이 섞일 리가 없어."

"아니요, 그런데."

"잼은 달잖아. 마가린은 안 달지. 아무리 계산해도 둘이 섞일 리가 없어."

"이론적으로는 분명 그렇습니다만."

"그렇지만 맛 좀 봐, 이거."

"진짜네. 진짜 잼과 마가린 맛이 나. 이거 봐."

"날름."

"낼름."

"할짝."

"오오."

"오옷."

"오오."

"이, 이것이 진짜라면 잼과 마가린을 한 번에 빵에 바를 수 있겠네요."

"멍청한 소리 하지 마. 신이 그런 것을 허락해 줄 리 없어."

"하지만 박사님, 이것으로 아침 식사 시간이 크게 줄어들 겁니다."

"그렇지, 인류는 저 멀리 진화를 향한 한 걸음을 크게 안짱다리로 내딛게 될 거야."

"설령 신이 허락해도 내가 용서 못 해!"

"하지만 박사님!"

"허락 못 해! 내 눈에 흙이 들어와도 허락 못 해!"

"하지만 박사님!"

"허락 못 해! 우리 연구는 이따위 것을 만들려고 하는 것이 아니야. 인간의 진정한 생활은 이런, 이딴 걸……."

"됐습니다! 이제, 됐다고요. 참기 힘드네요. '그것'은 폐기하겠습니다. 그러면 우리 생활은 지금과 똑같겠죠. 잼은 잼, 마가린은 마가린, 귀여운 스푼 두 개를 사용해서 따로따로 빵에 바르면 되죠. 평범하고 좀 귀찮지만 인간다운 생활은 앞으로도 지속될 겁니다."

나의 외침에 전원 침묵했다. 하지만 다들 알고 있다. 일단 시작된 진화라는 시곗바늘은 두 번 다시 되돌릴 수 없다는 것을. 설사 지금 여기서 '그것'을 폐기해도 이 중 누군가가 반드시 같은 일에 도전할 것이다. 아담과 이브가 살던 예로부터 인간은 이런 종류의 유혹을 이겨 낸 적이 없다. 잼과 마가린을 한 번에 빵에 바를 수 있다. 그 충격, 그 편리함, 그 감미로움. '그것'은 페스트와 같은 기세로 점차 전 세계로 퍼질 것이다. 이미 운명은 내 손을 벗어났다.

"이름이 필요해."

누군가가 이렇게 속삭였다.

"잼도 아니야. 마가린도 아니지. 이것에는 어울릴 만한 이름이 필요해."

핏발 선 24개의 눈이 일제히 나를 쳐다봤다. 미치기 직전의 내 입에서 생각지도 못한 한 단어가 튀어나왔다.

"잼가린"

박사가 떨리는 목소리로 읊조렸다.

"이 무슨 불길한 이름이란 말이냐."

아직 자니?

영화에서 옛날 사람이 독서대에 무릎을 꿇고 앉아서 책을 읽는 장면을 보면 대단하다는 생각이 든다. 아무도 보는 사람이 없는데 저렇게 정자세로 앉아 있다니 굉장하다. 허리를 펴고 책을 넘기며 눈을 반짝이고 있다. 옛날 사람은 정말 모두 다 저랬을까?

나는 침대에 누워야만 책을 읽을 수 있다. 전화도 옷 갈아입기도 과자빵 먹기도 전부 침대에서 하므로, 독서도 그런 것은 당연하다. 조금이라도 편한 쪽으로, 편한 쪽으로 흘러간다.

결과적으로 방에 있는 동안 대부분 잠만 잔다. 책을 읽는 것보다는 만화를 읽는 것이 편하고, 만화를 읽는 것보다는 자는 것이 편하니까. 졸리지 않아도 잠들어 버린다. 푹 자서 개운하니 놀러 나갈까, 그런 기분은 들지 않고 베개에서 살짝 머리를 들었다가 다시 툭 하고 떨어뜨려 그대로 잠든다. 그 떳떳하지 못함. 기분 좋음.

몇 시간 뒤 잠이 깨면 머리가 아파서 울컥한다. 어쩔 수 없이 두통약을 먹고 다시 잠든다. 너무 많이 자서 머리가 아프고 두통약을 먹고 또 잔다니, 이러면 안 된다고 생각하면서.

이런 이야기를 하면 아, 우리 집에는 애가 있어서 싫어도 일어나야 하는데 혼자라면 나도 그럴 거야, 라고 말하는 사람이 있다. 하지만 그것은 아니다. 정말 '그럴' 인간에게 자식은 생기지 않는다. 그 사람에게 자식이 존재한다는 것은 그런 인간이 아니라는 증거다. 잠이 깨면 일어나서 행동하고자 하는 의욕이 결과적으로 자식이라는 형상으로 이 세상에 나타난 것이다. 결국, 이 사람은 스스로 자신을 깨우고 있는 것이라고 생각한다.

휴일에 전화가 울린다. 수화기를 들어 귀에 대자 "아직 자니? 날씨가 좋아"라는 목소리가 들린다. 지금까지 도대체 몇 번이나 이런 소리를 들었을까. 침대 속에서 눈을 감고 목소리를 들으면 눈물이 날 것 같다. 그렇지. 밖은 밝고 기분이 좋겠지. 그런 밝고 따뜻한 곳을 정말로 좋아한다. 그곳에 가고 싶다. 좋은 날씨의, 좋은 냄새가 나는 공기를 맡으며 느긋하게 걷고 싶다. 부디 나를 그곳에 데려가 주세요.

"어제 늦게 잤어?"

아니요, 하지만 저는 늦든 빠르든 상관없이 얼마든지 잘 수 있습니다. 특이체질입니다. 삼 년 잠꾸러기(삼 년 동안 잠만 자다 일어나 마을의 가뭄을 해소했다는 일본 민화의 주인공*)입니다.

"나중에 다시 전화할게, 잠꾸러기야, 저녁에 같이 밥이라도 먹자."

키득키득 웃더니 전화를 끊는다. 나는 무척 안심하고 웃는 얼굴로, 다시 잠든다.

이 세상에 잠보다 편한 것이 없어서 다행이다. 만약 자는 것보다 편한 것이 있었다면 틀림없이 나는 '그것'을 했을 터이다. 그리고 '그것'보다 편한 것을 발견하면 '그쪽'을 하겠지.

지금 이곳에 한 번 누를 때마다 잠이 깊어지는 버튼이 있다면 나는 계속 그것을 누를 것이다. 깊디깊은 잠에 빠져 손가락 끝만이 언제까지고 계속 버튼을 누르겠지.

ねむるピアノ弾きのために三連の金のペダルに如雨露で水を

*

잠든 피아노 연주자를 위하여

금빛 나란한 세 개의 페달 위에

물뿌리개로 물을

*

5

10

15

오만오천 분의 일

프로야구를 보러 갔다. 스탠드석에서 관전하면 어쩐지 마음이 안정되지 않는다. 뒤숭숭하니, 게임에 집중할 수 없다. 한동안 이유를 몰랐지만, 이제야 깨달았다. 홈런이 두려운 것이다. 정확하게는 홈런 볼에 얻어맞을까 두렵다. 언제 관객석으로 타구가 날아와 내 얼굴에 맞을지도 모른다고 의식 깊은 곳에서 계속 느끼다 보니 안정이 되지 않는다.

물론 확률적으로 그런 일은 거의 일어나지 않는다. 정말 드물게 나오는 홈런. 오만오천 명(정해져 있나?)의 관객. 타구가 인간을 맞출 것이라고도 한정 지을 수 없다. 일단 안 맞을 것이다. 하지만 마음속에서 홈런을 두려워한다. 그래서 나는 아까부터 시합을 보고 있는 것 아니라 하염없이 공을 '노려보고 있다.' 전혀 재미있지 않다. 일하는 것 같다. 지친다. 하지만 주위 사람들의 표정을 문득 쳐다보면 다들 진심으로 경기에 열중하고 있는 듯하다. 지금, 일어서서 홈런이 날아올까 무서우니 집에 가겠다고 하면 애인은 어떻게 생각할까.

신축 맨션의 광고용 간판이나 전단을 좋아한다. 완공 예상도 아래에, 이것은 이미지 일러스트로 실물과는 다른 경우가 있습니다, 라고 주의사항이 적혀 있다. 컬러 일러스트에는 약한 비가 내리는 듯한 붓 터치로 건물과 사람이 그려져 있다. 자전거와 개도 있다. 한 사람 한 사람의 복장을 꼼꼼하게 본다. 개의 종류를 생각한다. 비글 같다. 건물에는 관심이 없다. 단지 이 그림 속 동네에 가고 싶다고 생각한다. 내가 색이 번진 이 사람이 되어서 색이 번진 개를 만지고 싶다고 말하면 애인은 어떻게 생각할까.

이런저런 가게의 간판과 포스터에 그려진 사람과 동물을 좋아한다. 일단 지나친 다음에 되돌아가서 바라본다. DIY 가게의 간판에는 오버 롤을 입고 거대한 쇠망치를 든 사람이 서 있다. 그 옆에 강치가 있다. 어째서 강치일까. 둘 다 비율이 이상하다. 나는 쇠망치를 든 사람을 좋아한다. 강치도 좋아한다. 어느 한쪽을 고를 수 없다고 하면 애인은 어떻게 생각할까.

작은 의원 앞에 서 있는 푯말을 좋아한다. '소아청소년과 X선과' 등을 검은색으로 쓴 하얀색 나무 푯말이다. 어쩐지 소독약 냄새가 나는 것 같지만, 아무리 병원이라도 푯말은 소독하지 않을(의미가 없으니까) 테니 착각이겠지. 저 푯말을 보면 마음이 진정된다. 저녁에 자기 전에 보고 싶어진다. 푯말을 좋아한다고 말하면 애인은 어떻게 생각할까.

그러나 나는 애인이 없다. 내 애인은 어디에 있는 것일까. 빨리 만나러 와 주세요. 나는 야구장에는 없다. 나는 맨션의 완공 예상도(실물과 다른 경우가 있습니다) 앞에 있다. 쇠망치 인간과 강치 간판 앞에 있다. 의원의 하얀 푯말 앞에 있다. 언제까지고 기다리고 있다. 내가 당신을 좋아한다고 하면 당신은 어떻게 생각할까.

リトマス試験紙くわえて抱きあえばきらきらとゆく夜の飛行機

5

10

*

리트머스 시험지 입에 물고

서로 안으면

15

반짝반짝 빛나며 가는 밤의 비행기

*

외둥이

일 관계로 처음 보는 사람과 미팅을 했다. 호텔 로비에서 표식이었던 잡지를 근거로 상대방을 찾아 인사를 나눈 다음, 미팅을 위한 장소로 이동한다. 도중의 일이다. 먼저 일어나 에스컬레이터를 타고 있던 그 사람이 갑자기 휙 나를 돌아보더니 "외둥이시죠?"라고 말했다. 허를 찔린 내가 "느, 느에"라고 묘한 긍정의 소리를 내자 그 사람은 만족해서 고개를 끄덕이더니 휙 앞을 향했다.

"처음 뵙겠습니다"를 말한 직후의 상대가 간파할 만큼 나의 외둥이 냄새가 강렬했던 것일까. 갑작스러운 상대방의 질문이 이상하다거나 실례라는 생각을 할 여유도 없이 단지 부끄러워졌다. 마흔이 다 되었는데 아직도 '외둥이'란 말을 들을 줄이야.

지금은 평범할지도 모르지만 내가 어릴 때는 외둥이가 드물었다. 반에 한 명이나 두 명밖에 없었다. 외동아이는 버릇없다, 외동아이는 응석쟁이, 외동아이는 제멋대로이다 등이 사회통념이어서 왠지 모르게 열등감을 느꼈다. "미안해. 원래대로라면 여동생이 있었어야 했지만" 하고 어머니가 사과하면 복잡한 기분이 들기도 했다.

나는 뭐라고 할까, 너무나도 심각한 외둥이였다. 휴지통 '방향'으로 쓰레기를 던지면 '버린 셈' 치는 특수한 규정(나중에 어머니가 '진짜로 버린다') 아래에서 자란 나는 극단적으로 나만 생각하는 인간이 되었다.

나와 직접 관계가 없는 일에 전혀 관심이 없으므로 정치나 경제와 연예계는 전혀 알지 못한다. 꽃 이름도 기억하지 못한다. 튤립과 장미를 구별하지 못한다. 이것은 비유가 아니다. "죄송하지만 이 튤립 좀 주세요"라고 손가락으로 가리키자 "저기……장미 말이시죠?"라고 점원이 말한 적이 있다. 갓 피어나는 장미가 내게는 튤립과 똑같아 보였다. 그 이후, 눈앞의 꽃이 아무리 튤립처럼 보여도 튤립이라고 단언하지 않도록 조심하고 있다. 만에 하나, 장미일지도 모를 위험이 있기 때문이다.

나만 생각하는 인간도 연애는 할 수 있다. 하지만 결혼은 어렵다. 우신 자식은 만들 수 없다. 아이는 전혀 갖고 싶지 않지만, 또 없다는 사실에 불안을 느껴서 아이를 하나 키운 것과 비슷해지려면 도대체 책을 몇 권이나 써야 할지 생각해 보기도 한다. 자식을 책으로 환산하려는 생각 자체가 이미 이상하다. 그렇게 자각하고 있으므로 버릇없음을 가능한 한 드러내지 않으려고 노력하고 있는데, 처음 만난 사람에게 간파당하는 것을 보면 내가 생각하는 만큼 잘하는 것은 아닌 듯 싶다.

옛날에 동네에서 워드 프로세서를 사용할 장소를 찾다가 찾지 못한 적이 있다. 함께 있던 여자친구에게 "너 잠깐만 테이블이 되어 줄래?"라고 말하자 "네가 말하면 농담이 라는 생각이 안 들어"라고 여자친구는 조금 슬픈 듯이 미소 지었다.

このばかのかわりにあたしがあやまりますって叫んだ森の動物会議

5

10

*

이 멍청이를 대신해서 이 몸이 사죄합니다

라고 크게 외쳤던

숲 속의 동물회의

*

15

이 세상에 존재하지 않는 것

몸 상태가 안 좋아서 수액을 맞았다. 반쯤 졸면서 침대에 누워 있었는데 언뜻 보니 수액 병 속의 액체가 거의 사라졌다. 마음이 콩닥 한다. 이것은 좀 좋지 않다. 액체가 전부 사라지면 다음은 공기가 들어오지 않는가. 혈관으로 공기가 들어가면 죽는다고 어디선가 들은 기억이 있다. 주위에는 아무도 없다. 간호사를 불러야 한다.

그러나, 하고 생각한다. 혈관에 공기가 들어가면 죽는다는 것은 정말일까? 분명 공기가 혈관 속을 올라와 심장으로 전해지면 쇼크사한다든가 뭐 그런 이야기였는데, 전혀 자신이 없다. 간호사를 불러서 저 액체가 없어지기 전에, 라던가 이대로라면 혈관에 공기가, 라고 말하는 것이 부끄럽다.

만약 공기 이야기가 진짜라고 해도 당연히 무언가 대책을 취할 것이 아닌가. 액체가 없어지면 자연히 멈춘다거나. 왜냐하면, 수액을 맞으면서 잠드는 사람이나 의식 없는 채로 수액을 맞는 사람도 있으니까, 그런 배려가 당연히 있겠지.

하지만 만일 어떤 실수로 혈관에 공기가 들어가면 어떻게 하지. 강렬한 후회와 함께 고통스럽게 죽어 간다. 역시 지금 간호사를 불러야 한다. 부끄러워할 상황이 아니다. 나중에 남들이 비웃더라도 죽는 것보다는 훨씬 낫다. 자, 소리를 내라. 저기요, 라고 부르는 것이다. 그러나 목소리가 나오지 않는다. 액체의 수위는 점차 낮아진다. 똑, 똑, 똑, 똑, 아아, 멈춘다. 멈춘다. 멈춘다. 멈.췄.다.

아무 일도 일어나지 않는다. 살아 있다. 나는 살아서 멍하게 있다. 한참 지나자 간호사가 찾아와서 어머, 다 맞으

셨네요, 라고 말하면서 수액을 빼 주었다. 역시 액체가 없어져도 혈관으로 공기가 들어가지 않는다. 그것은 그렇겠지. 그것은, 그렇겠지.

이때 경험으로 깨달은 것이 하나 있다. 그것은 이럴 때, 나는 목숨이 걸려 있어도 멍하니 수액을 바라보는 인간이라는 것이다. 왜 목소리가 나오지 않는가. 수치심인가, 게으름인가, 낙천성인가, 타자에게 말을 거는 일에 대한 공포인가. 아무래도 이 모든 것이 섞인 강력한 마음의 속박과도 같은 것이 내 안에 존재하는 듯하다. 그리고 그 속박은 목숨이 걸려 있어도 풀리지 않는다.

나는 산책을 좋아한다. 드문 이름의 문패. 특이한 형태의 문. 불 켜진 창. 밤공기. 직접 쓴 주산학원 포스터 앞에 멈춰 서서 묘하게 크게 그려진 '손'을 들여다 보기만 해도 거의 관능적이라고 해도 좋을 정도의 기쁨을 느낀다.

갑작스럽지만 나는 이런 산책을 좋아하는 것과 앞에서 말한 수액 때문에 간호사를 부르지 못한 일 사이에 어떠한 관련이 있다고 생각한다. 간호사를 부를 수 있는 사람은 (자신과는 전혀 관계없는) 포스터 앞에서 넋을 잃을 일이 절대 없을 것이다.

간호사를 부르는 행위에 대한 무한한 망설임과 목숨보다도 강력한 속박과 저녁 산책에 대한 깊은 기쁨의 뿌리는 아마도 하나이며, 그것은 이 세상에 '존재하지' 않는다.

ハイジャック犯を愛した人質の少女の爪のマニキュアの色

*

하이재킹범 그를 사랑하게 된 인질 소녀의
손톱에 발라졌던
매니큐어의 색깔

*

전 좌석 | 자유석

지정석을 좋아한다. 전철 표나 극장 표에 '8호 차 14번 D석', 'S석 F열 21번'이라고 적혀 있으면 무척 기쁘다. 여기 가면 한 사람 몫의 장소가 확실히 존재해서 나를 기다리고 있다는 생각에 안심한다. 그 표를 부적처럼 계속 가지고 다닐 정도다. 이에 비해 '전 좌석 자유석' 표는 매우 거칠고 두렵게 느껴진다. 손에 쥐면 쏴 하고 세찬 바람 소리가 들릴 정도다.

내가 여자였다면 자유석이 거북하다는 남자는 싫겠지.

지정석 번호를 보고 안심하는 남자라면 사절이다. 당일권의, 정리권의, 암표상 표의, 뭔지 알 수 없는 혼돈 속으로 돌진해서 두 사람분의 표를 사오는 남자가 좋다.

나 역시 할 수 있다면 그리하고 싶다. 하지만 무엇을 어떻게 해야 할지 모른다. 규정을 모르는 것이다. 자유석에 앉는데 규정 같은 것이 어디 있냐고 생각할지도 모른다. 자신의 지혜와 체력과 근성을 총동원해서 현실과 직접 부딪혀 볼 수밖에 없지 않으냐고.

그러나 정말 그럴까. 나는 '총동원'과 '직접 부딪히기' 사이에 보이지 않는 규정(코드라고 하는 편이 나을지도 모른다)의 존재를 느낀다. 내 지혜도 체력도 근성도 규정 앞에서 얼어붙어 한 걸음도 움직일 수 없다.

자유로이 즐기기 위한 술자리에도 보이지 않는 규정은 존재한다. 주정뱅이조차 규정에 대한 균형 감각만은 잃지 않는데, 나는 그것이 완전히 빠져 있다. 아니, 오히려 주정뱅이들은 규정에 기묘하게 민감하다. 아무리 눈에 띄지 않게 앉아 있어도 반드시 "뭐야, 맨 정신인 거야"라는 말을 듣는다. 맨 정신이 아니다. 술자리의 '자유로움'에 긴장하고 있다. 하지만 긴장이야말로 규정 위반이다. 도대체 어떻게 해야 할까. 그들은 요구한다. 좀 더 자유롭게 좀 더 편하게 좀 더 취해서 좀 더 스트레스를 해소하라고. 어떻게 하라는 거야, 나는 울고 싶어진다.

그렇다면 진실을 말해 주지. 나는 이 '자유로움' 속에서 취하고 싶지 않다, 스트레스를 해소하고 싶지도 않다, 즐거워지고 싶지도 않다, 뼛속부터 맨 정신이기를 원한다. 나는 단지 진짜 자유로워지고 싶을 뿐이다.

세상의 '자유로움' 속에 포함된 '자연스러운 규정'을 이해하지 못하면 인간은 한 마디도 말을 붙일 수 없다. 회사의 사원여행에서 숙소에 도착해 저녁을 먹을 때까지 같은 방을 쓰는 사람에게 "밥, 몇 시부터였지?" 밖에 말하지 못했다. 누군가와 눈이 마주치면 반사적으로 말을 내뱉는다. 이미 같은 말을 듣고 대답했던 사람은 '뭐야, 안 듣고 있었던 거야'라고 생각하겠지. 그렇게 생각하니 괴롭다. 그러나 다른 대사가 떠오르지 않는다. 아무거나 좋을 대로 '자유롭게'

이야기하면 되지 않느냐고 생각하겠지. 그것이 안 된다. 나와 눈이 마주치면 이쪽의 이상한 긴장감이 전해지는 탓인지 상대방도 다른 사람을 대하듯이 말이 나오지 않는 것 같다. 일순의 긴장감이 영원의 지옥처럼 느껴져서 무심코 입에서 한 문장이 흘러나온다.

"밥, 몇 시부터였지?"

卵産む海亀の背に飛び乗って手榴弾のピン抜けば朝焼け

5

10

*

알 낳고 있는 바다거북의 등에 덥석 올라타

수류탄 핀을 뽑으니

번지는 새벽노을

*

15

연애의 3요소

연애를 할 수 없게 되었다. 하고 싶은 마음은 가득하지만 할 수 없다. 연애라거나 사랑이라거나, 몇 번 도전해도 잘 안 되다 보니 못 쓰게 된 나사처럼 마음을 못 쓰게 되어버렸을지도 모른다. 나사가 빠질듯 흔들흔들한다.

지인이 결혼 소식을 알려왔을 때 내 반응은 늘 담담하다. 흐음, 이라고 말한다. 한편 이혼 소식을 들으면 활짝 꽃이 핀 것처럼 기분이 밝아진다. 자세한 사정을 알고 싶어진다. 연애의 파국에 관한 경위를 상세히 듣고서는 그렇구나, 그렇겠지, 역시 인간이 한 명의 상대를 계속 사랑한다는 것은 무리야, 따위를 말한다.

연애의 3요소는 '두근거림', '친밀함', '성욕'이라고 생각한다. 이 가운데 두 가지를 유지할 수 있다면 그 연애는 지속된다. 일반적으로는 시간의 흐름과 함께 '두근거림'과 '성욕'의 수치는 감소하고, '친밀함'은 증대한다. 2대 1로 불리하다.

개인차는 있겠지만 나는 3요소 가운데 '친밀함'만 마지막까지 유지한다. 이런 경우라도 서로 남은 두 가지 '두근거림'과 '성욕'에 관한 욕구를 다른 대상으로 돌리지 않으면 연애는 지속된다고 생각한다. 하지만 그것이 되질 않는다. 그러면 연애는 깨진다.

그것은…… 당연한 거잖아? 라고 친구는 말했다. 음, 그래도 '두근거림'과 '성욕'에 평생 얼씬도 못 하는 경우가 가능하단 말인가.

'친밀함'이 둘도 없는 매우 소중한 것임은 잘 알고 있다. 산책할 때, 드문 이름의 명패를 발견해 돌아봤을 때 아무 말없이 고개를 끄덕여준 일. 기묘한 모양의 오브제('어스 하모니'라는 이름이 붙어 있다)를 같이 서서 들여다본 일. 그녀의 감상은 "부딪히면 아프겠네"였다. 바이올린 같은 그림자가 몇 개나 드리워진 창을 가리키며 "굉장해, 바이올린 저택이야", "아니, 바이올린은 창에 매달지 않아. 저건 표주박일걸. 표주박 마니아네"라고 언쟁했던 일. 아침까지 하는 미타카의 수산물 가게에서 푸른 가재가 집게를 들고 화냈던 일. 함께 모포를 두르고 배달 온 피자의 따스한 김이 피어오르는 것을 상상했던 일. 어두운 창 아래에서 담배 끝이 밝게 타올랐던 일. 둘도 없는 친밀한 시간.

그렇지만 미지의 '두근거림'을 접할 기회를 제로로 만들 수는 없다. 어느 정도의 접근이라면 지나가게 내버려 두겠지만 가까운 거리가 되면 이미 망했다.

'이 세상은 한 번뿐'이라는 예의 그 주문이 귓가에 들린다.

'이 세상은 한 번뿐'이니까 한 사람과의 '친밀함'을 소중히 여기고 살아가야 한다고 말하는 천사의 목소리는 이 '두근거림'을 놓치면 죽을 때까지 후회할 걸, 이라는 악마의 목소리에 사라져 버린다.

'친밀함'이 온전히 남아 있는, 연애의 끝은 괴롭다.

"아끼던 셔츠, 우리 집에 있어."

"응."

"보내 줄까?"

"응."

"아끼는 거야?"

평상시 같은 두 사람의 변함없이 친밀한 대화인 동시에 끝을 맞이한 연애의 대화이다.

終バスにふたりは眠る紫の<降りますランプ>に取り囲まれて

*

버스 막차에

두 사람은 잠들다

'하차 버튼'의 보라빛 램프에 가득 둘러싸인 채

*

청춘 | 좀비

한밤중의 플랫폼에 쓰러진 소년과 그 위를 덮고 있는 소녀를 보았다. 만취한 것일까, 혼절한 것일까, 소년은 완전히 의식을 잃은 것 같다. 소녀는 의식이 있는 듯하다. 간신히 소년을 지키려는 모습이다. 덮어봤자 소용없다고 생각한다. 그래서는 지키지도 돕지도 못한다. 무거울 뿐이다. 역무원을 부르거나 병원에 데려가야 한단다. 그러나 소녀는 그런 것은 전혀 생각하지 못하는 것 같다. 단지 소년에게 꼭 달라붙듯 몸을 덮은 채, 조금도 움직이지 않는다. 둘이 하나인

생물 같다. 그 곁을 지나치며 쳇, 좋겠군, 이라고 생각한다.

아는 여자아이에게 전화로 이별을 고한 상대방이 밤중에 갑자기 찾아왔다는 이야기를 들었다. 현관 초인종이 울려서 나가니 눈이 새빨갛게 충혈된 전 애인이 서랍을 들고 서 있었다고 한다. "이거"라며 건네 준 서랍 속에는 그녀가 지금까지 보낸 편지가 가득 들어 있었다. 돌려주러 온 것이다. 슬픔에 격분한 그는 책상에서 서랍 채로 뽑아 그대로 들고 왔다. 음, 그것은, 필시, 무거웠겠지. 게다가 서랍 채로 돌려주면 나중에 곤란하지 않을까, 등등을 생각하며 조금도 부러울 턱이 없는 그를 왠지 부러워한다.

그들의, 뭐가 뭔지 자신도 알 수 없게 된 감정이 내 눈에는 반짝반짝 눈부시고, 부럽다. 어느 틈에 나는 그곳에서 이다지도 멀어져 버린 것일까. '반짝반짝'에서 멀어져, 그러나 그와 바꿀만한 무언가를 발견하지 못한 채, 지금도 계속 '반짝반짝'을 동경하고 있다. 나는 '청춘 좀비'라고 생각한다. 총무과장이란 명함을 가진 '청춘 좀비.'

그러던 어느 날, 내 앞으로 한 통의 편지가 왔다. '호무호무, 마미의 내출혈, 마미의 고토 구江東区, 용소龍沼(폭폭수가 떨어지는 바로 밑에 있는 깊은 웅덩이*)에 잠든 사람, 잘 지내?'

'마미'라는 발신인은 짐작이 가질 않는다. 봉투에는 우표가 붙어있지 않은 대신 우표 그림(?)이 그려져 있다. 오싹하다. 어째서 이런 것이 배달되는 거지?

'호무호무'는 나를 말하는 것 같다. 그렇지만 나는 고토 구에 살고 있지 않다. 용소에 잠들어 있지도 않다. 게다가…… 마미의 내출혈? 뭐가 뭔지 알 수 없지만, 나는 그 말이 지닌 이상한 긴장감에 매료당했다. 순수하고 위태로운 말들. 이는 자신이 위험한 가능성으로 가득했던 시절의, 뭐랄까, '반짝반짝'이 보낸 편지처럼 느껴졌다.

나는 '마미'와 편지를 주고받기 시작했다. 다양한 우표 그림이 그려진 봉투가 쌓여 갔다. 그리고 나는 늙은 흡혈귀처럼 '마미'가 발하는 '반짝반짝'을 쭉쭉 빨아올려 단카를 짓고, 《서신마書信魔 마미, 여름의 이사(토끼와 함께)》라는 한 권의 책을 만들었다. '마미'와의 만남과 이별, '청춘 좀비'의 영광과 죽음, 부디 일독을 바란다.

朝焼けの教会みたいに想いだす初めてピアスをあけた病院

5

10

*

새벽노을 속 교회와 비슷하게

기억이 난다

처음으로 귓불을 뚫었었던 그 병원

*

15

점

'어미 모母' 자를 썼을 때, 어쩌다 손을 들여다보고 있던 사람이 소리를 질렀다. 한자 획순이 엉망이기 때문이다. 봐-버-렸-군, 하고 생각하면서 살짝 울컥한다. 남이 글자를 쓰는 모습을 멋대로 들여다보고, 멋대로 놀라 소리를 지른다니 실례가 아닌가. 상처받지 않는가. 불안해지지 않는가. 내 획순이 앗 하고 소리가 나올 정도로 이상하단 말인가. 나는 이것이 쓰기 편한데, 母, 母, 母, 母, 그렇게 이상한가.

몇 년에 한 번, 이런 식으로 문자의 '제작 과정'을 남한테 보여서 부끄러운 상황에 부닥치는데, 일단 몸에 배어서 잘 고쳐지지 않는다. 그러고 보니 나는 젓가락 잡는 법도 엉망진창(주먹에 사선으로 젓가락이 박힌 상태)이다. 하지만 획순 따위를 제대로 쓰는 사람은 뜻밖에 드물지 않을까, 라고 자신을 위로해 본다.

그러던 어느 날, 굉장한 것을 보고 말았다. 도서관에서 여자아이가 편지를 쓰고 있는 장면을 멍하니 바라보는데, 한 줄을 다 쓰자 갑자기 펜 끝이 날아올라 문장 서두의 '큰 대大'에 점을 찍었다. '대大'는 사실 '견犬'이었던 것이다. 이 장면에서는 엉겁결에 소리가 나왔다. 그리고 획순을 신경 쓰거나, 묘하게 정색했던 내가 부끄러워졌다. 획순이 이상한 것은 단순한 결점이지만, 이 '날아오른 점'은 그런 차원을 넘어섰다.

어째서 '견犬' 자에 그 자리에서 점을 찍지 않는가. 다음 문장을 쓰는 동안, 줄곧 점을 기억하고 있었단 말인가. '구求'나 '식式'이나 '구球'도 똑같이 한단 말인가. 단순히 점을 찍는 것을 잊고 있다가 갑자기 기억난 것일까. 그런 일이 있을 수 있나.

그날 저녁, 잠자리에서 눈을 감고 있으니 다시금 그 광경이 떠오른다. 핑크색 가는 펜이 갑자기 날아올라, 점을, 찍는다. 좋구먼. 거 참 좋아. 왜 그 아이는 그런 식으로 점을 찍을까. 언제부터 그랬을까. 그 아이와 결혼하고 싶구먼.

이쯤에서 자신도 무언가 이상함을 깨달았다. 결혼하고 싶다, 고? '견犬'의 점 찍는 방법이 마음에 들었다고 이름도 모르고 얼굴도 기억나지 않는 누군지도 모르는 여자아이와 결혼하고 싶다고 말하는 거야? 그것은, 좀, 이상하겠지. 결혼이라는 것은 좀 더, 뭐랄까, 서로의 마음이나 별자리 궁합이나, 이런저런 것이 있으니까.

또다. 또 그것이 나타났다. 그것이란 '다른 세상으로의 탈출 욕구'를 말한다. 나는 현실인 이 세상에 강한 공포를 느껴서, 무의식 중에 언제나 다른 세상으로 가는 '입구'를 찾고 있다. 이번 경우에는 '날아오른 점'이다. '견犬'의 오른쪽 위에 찍힌 점이 딴 세상으로 가는 빛나는 '입구'로 보인

것이다. 그렇다면 내 획순이 마음에 걸린 건, 그것이 이 현실 세계의 상징이기 때문일까. 분명히 그 규정 아래에서는 나는 완전히 잘못되었다. 엉망진창인 '모母'나 '란卵'과 '기器'밖에 쓸 수 없다. 유죄다.

미안. 그래도 역시 너와는 결혼할 수 없어. 왜냐하면 '견犬'의 점을 찍는 방법이 전부는 아니니까. 좀 더, 뭐랄까, 서로의 마음이라든지 별자리 궁합이라든지…… 아니, 아니면 그것이 전부인가?

「美」が虫にみえるのことをユミちゃんとミナコの前でいってはだめね

5

10

*

'美'가 '虫'으로 보인다는 사실을

유미짱이나 미나코 앞에서는

말하면 안 된단다

*

15

虫: 蟲의 일본어 한자 약자

분실물 | 천사

최근 남한테 듣고 가장 상처받은 말은 "호무라 씨는 물건을 잃어버리거나 하지 않을 것 같아요"였다. 물론, 상대방은 아무런 악의도 없이, 극히 자연스레 입에서 나온 말이었다. 그러나 나는 '아아, 응'하고 모호하게 대답하면서 내심 상당히 동요하고 충격받았다. 분명 나는 여간해서는 물건을 잃어버리지 않는다. 왜냐하면, 그것은 물건을 잃어버렸을 때 입을 내상을 남보다 배로 두려워하기 때문이다.

예를 들어 레스토랑의 자리에서 일어나면 나는 반드시 한 번 뒤돌아서 내가 앉았던 공간을 쳐다본다. 좌석 위에 아무 것도 남아 있지 않음을 확인하고, 테이블 위를 본다. 물이 든 컵, 메뉴판, 재떨이, 소금, 후추, 이쑤시개 통의 순서로 서치라이트처럼 시선을 맞추고, 그것들이 모두 '내 것'이 아님을 확인한다. 그러나 그 모습을 남이 본다면, 공연히 부끄럽다. 신중하다고 한다면 듣기 좋겠지만, 소심하다거나, 쪼잔하다고 생각할 것 같기 때문이다.

내가 여자라면 이런 쪼잔한 사람은 싫을 것이고, 편집자라면 이런 쩨쩨한 인간이 좋은 글을 쓸 턱이 없다고 생각할 것이다. 그래서 상대방에게 최대한 들키지 않도록, 아무렇지 않게 휙 돌아본다.

신경과민이라고 해야할까. 물건을 전혀 잃어버리지 않는다는 것은 본인에게는 틀림없이 좋은 일이지만, 타인에게는 꼭 그렇지도 않다. 오히려 엉뚱하게 물건을 잃어버리는 캐릭터가 더욱 사랑받는다. 우리는 다들 나가시마 시게오(전 프로야구 선수이자 요미우리 자이언츠의 전 감독) 씨를 사랑하지 않는가. 경기용 양말을 잃어버려서 찾고 있었는데 한쪽 발에 두 짝을 신고 있었더라는 이야기 등, 천사의 에피소드 같다.

그런 이유로 '물건을 잃어버리거나 하지 않을 것 같다'는 말을 듣자 마음에 사무친 것이다. 아무리 숨기려고 해도 역시 인간은 인간을 '모두 알고 있구나'라고 낙담했다. 나는 평생 분실물 천사는 될 수 없을 것이다.

얼마 전 어느 프로레슬러의 인터뷰 기사를 읽었더니, 나는 덜렁대서 한 달에 하나씩 휴대전화를 잃어버려 곤란하다, 반년에 6개, 라고 밝게 말해서 아, 졌다고 생각했다. 과연 프로레슬러다. 나라면 휴대전화를 두 번 연속해서 잃어버리면 재기 불능이다.

휴대전화도 물론이거니와 평소 들고 다니는 물건 중에 무엇을 잃어버리면 가장 곤란할까 생각하니 시스템 다이어리다. 일정과 주소록, 메모 외에도 모든 종류의 카드를 수납하고 지갑 대용으로도 사용하고 있다. 다이어리를 잃어버리면 큰일이다.

저녁, 동네의 다리를 건너면서 시스템 다이어리가 툭 하고 강에 떨어지는 장면을 상상한다. 그러면 얼마나 공황상태가 될까 하고 생각하니 두근두근한다. 우선 가장 먼저 무엇을 할까. 깜깜한 물에 뛰어들어서 찾으려고 할까. 안 하겠지. 카드를 정지해야 한다고 생각할까. 생각하겠지. 등등 대강 머릿속으로 시뮬레이션 한다. 그런 다음 서서히, 중요한 시스템 다이어리가 툭 하고 강에 떨어지지 않아서 정말 다행이라고 생각하며 안심한다.

モーニングコールの中に臆病のひとことありき洗礼の朝

*

나를 깨워준 모닝콜 전화 속에

소심하게도 그 한마디 있었지

세례의 아침

*

5

10

15

당신의 우라시마, 나의 맥獏

나는 작년까지 맥獏(옛날부터 사람의 악몽을 먹는다고 알려진 상상 속 동물의 일종*)이라는 동물이 실재한다는 사실을 몰랐다. 맥이 꿈을 먹는다는 이야기는 들어서 그냥 전설 속의 생물이라고 믿었다. 어느 날 만화가 요시노 사쿠미 씨와 식사하다가 맥 이야기가 나와서 "동물원에 있어"라고 알려줬는데, 그때도 순간 '재미없는 농담을 하는 사람이네'라고 생각했을 정도다. 그런데 맥은 정말로 동물원에 있고, 풀과 과일을 먹고 있었다. 요시노 씨에게는 진심으로 죄송하게 생각한다.

나의 맥처럼, 이따금 모르는 채로 오늘날까지 와 버린 사물이 뜻밖에 있는 듯하다. 가령, 친구이자 단카 시인인 미즈하라 시온 씨는 '염소의 편지'를 몰랐다. 유명한 동요의 존재 자체를 몰랐다. "그것이 뭐~야?"라는 말을 들었을 때는 충격받아서, 엉겁결에 전화에 대고 노래하기 시작했다. "하얀 염소에게서 편지가 왔어요. 까만 염소도 참, 읽지도……." 그런데 시온 씨는 그런 노래는 한 번도 들어본 적이 없다고 말하는 것이다.

요즘 애들이라면 몰라도 그녀는 나와 같은 세대다. 더군다나 "아빠도 엄마도, 우리 가족은 아무도 그 노래 몰라"라고 한다. 놀란 내가 "그런 집안은 일본에 없다"고 말했기에, 상대방도 울컥해서 "아니 진짜로 모르는 것을 어떻게 해." 이후 격한 논쟁이 벌어져 결국은 화가 난 내가 "됐으니까 엄마한테 물어 봐"라고 소리치고 전화를 끊어버렸다. 애들 싸움이다.

다음날 시온 씨로부터 "그 노래, 엄마한테 물어 보니 아시더라"는 전화가 걸려 왔다. "하얀 염소 까만 염소 하얀 염소라고 언제까지고 계속되는 거지. 재미있는 노래네"라고 기쁜 듯이 말해서 나는 힘이 빠졌다.

그 외에도 예를 들면, 학생 시절 동급생은 '물에 뜬 사체'를 '다이고로'라고 불렀다. 마음은 알겠지만, 정답은 '도자에몽(익사자, 익사자의 몸이 물에 불어 비대해짐을 뜻함*)'이다. 이대로라면 '다이고로'가 된다고, 라고 자꾸 말하니까, 어째서 '다이고로'지? 아니 '다이고로'가 누구야?라고 생각했다.

이름을 착각하는 이야기 하나 더. "저기 있잖아, 우라시마 타로(일본 용궁전설 중 하나의 주인공*) 동상이 있어"라는 소리에 뒤따라가 보니 그곳에는 '니노미야 긴지로(1787~1856. 에도시대의 사상가*)'가 서 있더라는 이야기를 들은 적이 있다.

"이거 니노미야 긴지로잖아"라고 정정해 줘도 "뭐?"라며 납득하지 않았다고 한다. 라는 것은 잘못 보거나 잘못 말한 것 아니라 그 사람 속에서는 옛날부터 장작을 짊어지고 책을 편 '그것'이 '우라시마 타로'였겠지. 사실을 알게 되는 것이 애석할 정도로 산뜻한 착각이다.

무척 단순한 예로는 친구의 여동생은 '부채'를 몰랐다. '부채'를 모른다, 그런 말을 처음 들어 본다고 해서 실제로 물건을 가져와 이거야, 하고 파닥파닥 부쳐주니 "아, 합죽선"이라고 고개를 끄덕였다. 아니-야.

貘を喰ふメタ・貘のごとはろばろと群青天下しづかなりけり

坂井修一

*

꿈을 먹는 맥 맥을 먹는 메타 맥

아득하게도

군청빛 천하는 고요해졌노라

—사카이 슈이치

*

예의범절

고등학교 때, 점심시간에 도시락을 먹다가 갑자기 꾸지람을 들은 적이 있다. "뚜껑 뒤에 붙어 있는 밥알 제대로 전부 다 먹어"라고 하는 것이다. 화를 낸 것은 동급생인 구보 군이다. 갑자기 동급생에게 밥알 때문에 꾸지람을 들어서 깜짝 놀랐지만, 그의 모습이 무척 진지했기에 당황해서 손가락으로 집어 먹었다.

나중에 들은 바로는 구보 군은 매우 엄격한 집안에서 자랐다고 한다. 할아버지가 예의범절에 엄격한 사람으로 어릴 적 구보 군에게 욕실에서 튀김 젓가락(그 기다란 녀석)으로 작은 비누를 집는 훈련을 시켰다고 한다. 어린 구보 군이 발가벗은 채, 긴 젓가락을 쥐고 미끌미끌한 작은 비누에 도전하는 모습을 상상하니 정신이 아찔해졌다. 마치 만화《거인의 별》의 호시 잇테츠와 호시 휴마 부자 같다.

이에 비해 과잉보호 집안에서 자라, 예의범절다운 예의범절을 배우지 못한 나의 젓가락질은 지금도 엉망진창이다. 그때 구보 군이 '젓가락을 똑바로 쥐라'고 하지 않은 것은 동급생에 대한 최대한의 온정이었을지도 모른다.

언제였던가. 여자아이와 레스토랑에서 식사할 때, 그 아이가 새우 꼬리를 덥석 먹는 것을 보고 조금 놀랐다. 여자는 망했다는 표정으로 "새우 꼬리를 먹는 나를 보고, 아버지가 기뻐하셨거든……"이라고 말했다. 묘한 아버지라고 생각했지만, 여자아이에게는 어쩐지 호감을 느꼈다. 어쩌면 칼슘을 섭취시켜 뼈를 튼튼하게 하려는 부모의 마음이었을까. 그렇다고 해도 굳이 새우 꼬리부터 먹을 필요는 없어 보이지만.

내가 아는 가장 기묘한 예의범절은 지인인 에마 씨에게 들은 이야기다. 어릴 적, 가족이 차를 타고 가는데 운전하며 아버지가 말한다. "차에서 라디오는 듣지 마. 내가 말할 거니까." 어머니가 라디오를 끄자 아버지는 말하기 시작한다. 자꾸자꾸 말한다.

그러던 중에 "에마, 눈에 보이는 간판을 읽어 봐"라는 지령이 떨어진다. 어째서 그래야 하는지 에마 씨는 전혀 몰랐지만, 질문은 허락되지 않는다. 어쨌거나 차창으로 보이는 간판을 '전부' 읽어야 한다. '소렌토 화장품', '천하초밥', '주얼리 · 쓰쓰미', '아스카 댄스 교실', '카페 · 골드', '비즈니스호텔 세이게쓰', 에마 씨가 마지못해 간판을 읽으면 이번에는 "더 빨리"라는 지시가 내려진다. '멜로디 하우스 · 토마토'. '영진학습연구소', '성인 이발 1,600엔', '오모다카 피부과', '뜨개질 · 양재', '꽃 큐피드', '운전면허 최단기 14일.' 열심히 읽는 에마 씨. 한참 지나면 아버지는 매우 만족스럽다는 듯 "언젠가 도움이 될 것"이라고 중얼거렸다고 한다.

하지만 이것은 '언제', '무엇에' 도움이 되냐는 질문 이전에 대체 '누구'에게 도움이 된다는 것일까, 그것조차 알 수 없지 않으냐고 에마 씨는 투덜거렸지만, 그렇게 싫어하는 얼굴은 아니었다.

ぼくたちは勝手に育ったさ　制服にセメントの粉すりつけながら

加藤治郎

5

10

*

우리 모두는 제 멋대로 자랐지

학교 교복에 시멘트의 가루를

15

문질러 비벼대며

—가토 지로

*

무서운 러브레터

얼마 전 러브레터를 받았다. 러브레터에는 부록이 붙어 있었다. 그것은 '내가 좋아하는 남자 일람'이었다.

- 루트비히 판 베토벤(1770~1827)
- 토머스 앨바 에디슨(1847~1931)
- 존 로버트 오펜하이머(1904~1967)
- 다테 마사무네(1567~1636)
- 호무라 히로시(1962~2031)

이것을 보고 나는 마음이 굉장히 진정되지 않았다. 러브레터를 받는 것은 기쁘다. '내가 좋아하는 남자 일람'에 넣어준 것도 멋지다. 게다가 이 호화스러운 라인업. '악성'과 '발명왕'과 '독안룡独眼竜'과 함께 놓여, 무척 영광이다. 그렇지만 한 가지 아무래도 신경 쓰이는 점이 있다. '호무라 히로시(1961~2031)'의 '2031'이라는 부분이다. 저기, 저, 아직 살아 있는데요……, 러브레터를 보낸 분께 주뼛주뼛 말씀드리자 이상하다는 듯 어리둥절한 반응이었다. 본인은 전혀 의문을 느끼지 못하는 듯하다. 나로서도 어쩐지 그 이상 파고들어 묻는 것은 주저스러웠다. 아는 여성에게 이 이야기를 꺼내자 '남자의 죽을 나이가 정해지면 안심하고 좋아할 수 있지 않아?'라고 했다. 그런 것입니까?

그래도 죽는 것은 두렵다. 가능하다면 계속 살고 싶다. 나는 영원을 좋아한다. 어느 날, 어딘가에서, 어떤 사람에게, 향수 이름을 묻자 '이터니티'라고 알려 준 때의 충격을 기억한다. 아, 하고 그때부터 가슴이 두근거렸다. '까만 염소에게 편지를 받은 하얀 염소도 참, 읽지도 않고 먹었어……'

라는 이론적으로는 영원한 동요도 좋아한다. 그러고 보니 앞서 이야기한 부록이 첨부된 러브레터에도 '내가 좋아하는 남자 일람'과는 별개로 영원에 관한 에피소드가 하나 적혀 있었다.

'우리 엄마가 어릴 때요, 밭에서 놀고 있었더니 거머리가 다리에 붙어 있더래요. 깜짝 놀라서 오른손으로 잡으니까 오른손에 딱 붙었대요. 그래서 왼손으로 잡으니까 오른손에 딱 붙고요. 그다음은 기억이 안 나는데, 어떻게 잡았을까요. 지금은 그녀도 붙이고 있지 않으니까요.'

그녀도 지금은 붙이고 있지 않으니까요, 라는 부분에서 나는 무심코 웃어버렸으나 동시에 조금 쓸쓸하게도 느껴졌다. 엄마의 '어딘가'에 지금도 거머리가 붙어 있다면 굉장할 텐데.

知んないよ昼の世界のことなんか、ウサギの寿命の話はやめて！

5

10

*

알게 뭐야

낮 동안의 세상에 관한 일따위,

15

토끼 명줄에 관한 이야기는 그만둬!

*

어서 오세요, 데니스로

"그리고 샐러드랑 글라스와인 레드와인으로 주세요."

"샐러드 드레싱은 어떻게 하시겠어요?"

"뭐가 있나요?"

"사우전드 아일랜드, 그린 가디스, 중화풍, 일본풍, 논오일이 있습니다."

"그럼 일본풍으로 주세요."

"알겠습니다. 메뉴판 가져가도 괜찮으시겠어요?"

이런 대화를 지금까지 몇 번 반복했을까. 앞치마와 그릇을 빌려 그 자리에서 웨이트리스 역을 할 수 있을 정도다. 그런데 문득 무서운 기분이 들 때가 있다. 어디에나 있을 법한 평범한 패밀리 레스토랑의 샐러드에 드레싱이 다섯 종류. 게다가 내가 고른 것은 '일본풍'이다. 이곳은 대체 어떤 나라일까. 며칠 전에는 이탈리안 샐러드에 일본풍 드레싱을 뿌렸다고. 어쩐지 다른 차원에서 일어난 일 같다.

다른 차원이라고 하면, 얼마 전, 우연히 들린 애완동물 가게에서 '전부 6개월간 보증서 첨부'라는 벽보를 발견하고 놀랐다. 그것은 대체 무슨 뜻일까.

가령, 내가 산 앵무새가 6개월 이내에 죽으면 돈을 돌려준다는 것일까, 아니면 다른 앵무새로 바꿔 준다는 것일까, 혹은 같은 금액의 토끼나 거북이로 자유롭게 선택할 수 있다는 것일까. 무척 신경 쓰였지만, 그냥 점원에게 묻기가 망설여졌다. "아니요, 이 앵무새는 6개월간은 불사신이랍니다"라며 생긋 웃는 모습을 상상하자 어질어질하다. 정말로 이곳은 무슨 나라란 말이냐. 우리의 샐러드에는 다섯 종류의 드레싱, 우리의 앵무새는 불사신.

하지만 나는 생각한다. 언젠가 이 나라에서 패밀리 레스토랑이 하나도 남지 않는 날이 오겠지. 사람들은 빈곤한 자급자족의 생활을 하겠지. 애완동물 가게는 소멸해서 거리에는 까마귀와 들개만이 넘쳐날 것이다. 그 세상에서는 데니스나 로열 호스트의 '메뉴판'이 고가로 매매되겠지. 밤에 잠들기 전, 나는 보물인 '메뉴판'을 펴고 사진을 들여다본다. 다섯 종류의 드레싱과 '피칸 초코 브라우니 선데'나 '멜팅 개러멜 허니 팬케이크'나 '흑설탕 시럽을 곁들인 복숭아 모양 인절미'의 시대를 그리워하며 눈물을 흘린다. 어린아이들은 그런 나를 이상하게 바라보고는 저마다 묻는다. 이거 뭐에요? 반짝반짝해요. 무슨 맛이에요? 달다는 건 뭐예요?

나는 떨리는 목소리로 아이들에게 가르쳐 주겠지. 옛날 옛적에 국도변에는 수많은 패밀리 레스토랑이 줄지어 있었단다. 그곳에는 모든 것이 있었지. 바다의 산물, 산의 산물, 외국의 산물, 모든 것이 말이란다. 나는 젊은 시절 친구들과 함께 차라고 부르는 기계를 타고 그곳에 갔단다. 웃으면서 가게 문을 연 우리를 앞치마를 두른 언니가 상냥하게 맞아주지. 오, 그 사랑스러운 목소리, 빛나는 웃음. "어서 오세요, 데니스로."

まほろばをつくりましょうね　よく研いだ刃物と濡れた砥石の香り

東 直子

5

10

*

좋은 세상을 만들어 보자구요

잘 벼려진 예리한 날붙이와

15

젖은 숫돌의 향기

— 히가시 나오코

*

도망치다

마지막으로 옷을 산 게 언제였더라. 계속 옷가게에 가지 않으면 긴장해서 가게에 들어가기 힘들어진다. 들어가도, 주눅이 들어서 누가 점원인지 분간할 수 없다. 요즘 점원은 복장도 태도도 손님과 구별하기 어렵다. 아마 이 사람이 점원이겠지 생각이 들어도 어쩌면 손님일지도 모른다는 생각이 들어서 말을 걸 수 없다. 반대로 손님이라고 생각했던 사람이 갑자기 뭐 찾으시는 거 있으세요, 라며 미소 지으면 움찔한다. 점원은 전원 가슴에 '점원'이라고 쓴 티셔츠를 입으면 좋겠다.

게다가 즐비한 상품을 바라봐도 뭐가 뭔지 알 수가 없다. 수많은 코트와 셔츠와 바지는 모두 조금씩 다른 것 같지만, 그 차이를 알 수 없다. 아는 것은 색상의 차이 정도다. 사이즈도 안다고 하고 싶지만 실제로 입어 보고 어떠세요, 라고 물으면 어떠한지 모른다. 과연 이 사이즈가 맞는 것일까. 내가 좋으면 그만인가. 모양이나 재질이나 봉제 같은 것을 물으면 이미 속수무책이다. 애당초 나는 내가 이 가게에서 무엇을 하고 싶은지 잘 모른다. 옷을 사고 싶다는 것만으로는 무엇을 하고 싶은지 알 수 없다. 무언가 찾으시는 거 있으세요? 네, 옷을, 이렇게 되어 버린다.

그래서 힘내서 옷가게에 들어가도 아, 망했다, 고 생각해서 몇 초 만에 가게에서 뛰쳐나온다. 뜨거운 탕에 들어갔을 때와 같다. 이렇게 쓰면서도 그것은, 그 물건은 '옷'이라는 말로 괜찮았을까 점점 불안해질 정도다. 분명 다른 용어는 없었던 것 같지만. 옷가게에 가지 않고서 나는 어디에 간 것일까. 올해 1년을 되돌아보면 내가 가장 자주 발을 들인 가게는 '만화의 숲' 우에노점일지도 모른다. 옷가게와는 달리, 그곳에서의 나는 사소한 차이를 잘 안다. 어제와 비교하면 이 책장이 바뀌었군, 이것은 단행본 미수록 작품, 여기에는 수록 시 가필 수정한 부분이 있는가, 등등. '만화의 숲' 속에서는 베테랑 사냥꾼처럼 차분하게 행동할 수 있다.

그러나 언젠가 《수증기 스나이퍼》 8권을 손에 들고서 문득 옆을 보니 곁에 있던 손님이 책을 서서 읽으면서 비웃음을 짓고 있었다. 황홀하고, 득의양양하게. 서서 읽고 있을 뿐인데 이 사람은 어째서 저렇게도 득의양양하게 웃고 있단 말인가 생각하니 두려워졌다. 만약 나도 똑같이 비웃음을 짓고 있지는 않았을지 내 얼굴을 만져 본다. 아, 역시, 웃고 있다. 당황해서 웃음기를 거두며, 안 돼 더는 이곳에 있으면 위험하다고 생각한다. 옛날, 만화 팬들의 모임에서 젊은 팬이 데즈카 오사무를 향해 설교를 시작했던 무서운 에피소드가 뇌리를 스쳐 간다. 젊은 팬은 만화를 읽는 것만으로 점차 '잘나'버리게 된 것이다. 쾅쾅쾅쾅쾅쾅. 환상의 경고음을 들으면서 나는 서둘러 몇 권의 만화를 집어 들고 위험한 '숲'에서 도망쳤다.

森の中に出かけてゆくのわたしたちアーモンド·グリコを分けあいながら

東 直子

5

10

*

수풀 속으로 산책하러 갈 거야

우리들끼리

아몬드 캐러멜을 서로 나눠먹으며

15

—히가시 나오코

*

추억이 없는 남자

친구 S는 텐트와 침낭을 차에 넣고, 연인과 함께 유성을 보러 갔다. 둘이서 한 침낭을 쓰니 엄청 갑갑했어. 덤으로 차가 모래에 빠져서 움직이지 않아 JAF(일본자동차연맹*)에게 도움을 요청할 처지가 되었지, 체면이 말이 아니었지, 라고 S는 웃었다.

나는 그런 말썽을 겪은 적이 없다. 왜냐하면, 유성을 보려고 텐트를 들고 바다로 가지 않기 때문이다. 행동력이라고 할까, 에너지가 없기 때문이다. 베란다에 나가는 것조차

하지 않는다. 호기심이 없다. 이런 나의 즐거움은 방의 불빛을 끄고 침대로 들어가 초콜릿 바를 물고 가만히 있는 것이다. 입속에서 천천히 달콤한 맛이 퍼져 행복해진다. 우물우물하면 손을 쓰지 않고서도 초콜릿 바는 조금씩 입안으로 떨어진다. 동력이 있기 때문이다.

그러나 만약 내가 여자였다면 유성을 보러 데려가 주는 남자를 좋아할 것이다. 아무리 추워도, 침낭이 비좁아도, 차가 움직이지 않아도 상관없다. 운 나쁘게 구름이 껴서 유성을 볼 수 없어도 상관없다. 피융피융하고 떨어지는 별을 보러 간다는 생각, 그 생각을 연인과 공유한다, 그것만으로도 이미 충분하다.

내가 여자라면 암흑 속에서 가슴 위로 팔짱을 낀 채, 초콜릿 바를 물고 멍하게 있는 남자는 싫다. 초콜릿 바의 껍질을 뜯으라고 시키는 것이 싫다(아니, 나는 직접 뜯는데). 그런 남자와는 공유할 수 있는 것이 없다.

몇 년 전 한겨울에 S의 차가 고갯길에서 기름이 떨어져 지나가던 차를 잡기 위해 연인과 필사적으로 얼어붙은 모포를 흔든 일이 있다고 한다. 이 무슨 아름다운 광경이란 말인가. 나중에 되돌아보면 그런 말썽조차 추억이 됨을 알고 있다. 아니, 그것이야말로 최고로 감미로운 순간이다. 본인은 깨닫지 못하고 있는지도 모르지만, S의 배후에 반짝반짝 빛나는 추억이 몇 가지나 떨어져 있는 것이 눈에 보이는 듯하다.

그렇지만 입안에서 초콜릿 바를 녹여도 그것은 추억이라고 부를 수 없다. 손을 쓰지 않고 녹여도 그것은 기술이라고 부를 수 없다. 대량으로 녹여도 그것은 기록이라고 부를 수 없다. 내 뒤에는 추억이라고 부를 것이 하나도 없다. 단지 초콜릿 바의 껍질이 뒹굴고 있을 뿐이다.

얼마 전 사자자리 유성이 떨어졌을 때, 나는 처음으로 우리 집 베란다에 나갔다. 침대에서 읽던 만화를 던지고 실내복을 입은 채 벌떡 일어나 그대로 바깥의 콘크리트에 철퍼덕 누웠다. 등부터 급속하게 체온을 빼앗긴다. 후두부가 아프다. 생각지 못한 각도로 피융하고 별이 떨어진 순간, 나는 '웃'하고 소리를 질렀다. 이상한 소리다.

バック·シートに眠っていていい　市街路を海賊船のように走るさ

加藤治郎

5

10

*

뒷자리에서 잠들어도 괜찮아

도시의 길을

마치 해적선처럼 달릴 테니 말이야

15

—가토 지로

*

책을 버리다

며칠 전, 책방 정리를 시작했다. 책방이라고 해도 2평 반 정도의 공간으로 바닥 위와 책장과 천장 틈까지 대량의 책과 잡지가 쌓인 거대한 책의 쓰레기통이라고 하는 편이 나을 법한 공간이다. 그런 상태로는 자료가 필요해도 바로 찾는 것은 절대 불가능하다. 이 책을 분명 두 권은 갖고 있을 텐데, 라고 생각하며 밤중에 차를 타고 세 권 째를 사러 가는 일도 종종 있다. 그리고 세 권 째도 홀연 쓰레기통에 빨려 들어가 행방불명이 된다. 이런 일의 반복이 지긋지긋해서 드디어 정리하기 시작했다.

책의 종류는 단카를 짓고 있으므로 단카집과 관련된 자료가 전체의 2할, 동화를 쓰거나 그림책 번역을 하므로 관련 그림책 등이 1할, 만화는 그리지 않지만 만화가 3할, 기타 소설과 잡지가 3할, 야한 책이 1할, 이런 느낌이다.

이것들이 천장부터 바닥까지의 공간에 두서없이 꽉 차 있고, 그 홍수 속에 십여 개의 책장이 묻혀 있다.

단카집과 그림책과 야한 책이 뒤섞여서 어질러진 모습은 어쩐지 무척 위험한 느낌이다. 야한 책만 있는 편이 훨씬 건전하게 보이지 않을까. 만약 내가 어떤 사건을 일으킨다면 이 방에 취재 카메라가 들어와서 《겐레이몬인 우경대부집建礼門院右京大夫集》《아리코의 심부름》과 《한여름의 헤어누드 대전》이 널려있는 것을 본 사람은 '아, 역시, 정상은 아니야'라고 생각하겠지, 하고 상상한다. 한시라도 빨리 정리해야 한다.

그러나 정리하려면, 좌우간 책의 숫자를 줄여야만 한다. 보관실을 빌려서 일단 읽지 않는 책을 그곳에 둘까도 생각했지만, 내 성격으로는 그대로 두 번 다시 가지러 가지 않을 것이다. 역시 버리기로 한다.

그렇지만 실제로 시작해 보니 책을 버리는 일은 무척 어렵다. 더는 읽지 않을 것을 알지만, 추억이 있어서 버릴 수 없거나(《일어나요 페르디난드》《꼬마 모모》 등), 읽지 않지만 이제 구할 수 없거나(산리오 SF문고와 후지미 로망 문고), 모리 오가이(1862~1922, 일본 근대문학의 아버지*)를 전부 버리고 모리 마리(모리 오가이의 딸*)를 남기는 것은 왜일까, 등 이것저것 생각하다 보니 생각처럼 진척되지 않는다. 도중에 탐독해도 곤란하다. 일주일 정도 악전고투하니 겨우 바닥이 보인다. 이 방의 바닥은 이런 색이었나. 모조리 다 정리한 새벽이라면 안심하고 사건을 일으켜도 될 것이다.

赤,橙,黄,緑,藍,紫,きらきらとラインマーカーまみれの聖書

*

빨강, 주황, 노랑, 초록, 남색, 보라색,

휘황찬란히

형광펜 색깔들로 범벅이 된 성경책

*

청과 | 흑

녹즙을 마시기 시작한 지 어느덧 1년이 된다. 이 이야기를 남에게 하면 "맛없지 않아?"라는 소리를 반드시 듣는다. "맛없어", "역시", "응, 마셔 볼래?", "아니, 사양할게." 상대는 터무니없다는 듯 고개를 젓는다.

그러나 몇 개월 뒤, 어떤 일로 같은 상대방이 전화를 걸어서는 "야, 나도 녹즙 마시기 시작했어"라고 말한다. 지금까지 몇 번이나 이런 일이 있었다. 이것은 대체 무슨 일인가.

임팩트 있는 이름과 TV 광고 효과로 녹즙의 존재 자체는 대부분 사람이 알고 있다. 그렇지만 자진해서 마시려는 사람은 적겠지. 역시 '벌칙용 음료'이기 때문이다. 친구 하나는 "사람으로 태어나 어찌 그런 것을"이라고 말했다. 지당하신 말씀이다.

하지만 그것은 그렇다 치고, 현실의 인간 대부분은 수면 부족에 편식에 과식에 과음에 운동부족에 장거리 통근을 한다. 그래서 일어나기 힘들고 어깨도 결리고 편두통에 금방 숨이 차고 위가 더부룩하고 피부가 퍼석퍼석하고 다리가 붓는다.

그리고 어느 날, 역의 계단 길이에 정신이 아득해지며 문득 떠올린다. 고약한 농담이라고 생각했던 녹즙을. 애초에 매일 충분한 양의 채소를 섭취하는 것은 인간에게는 불가능하다. 그것만 마신다면 무엇이든 낫는다니 사실일까, 멍하게 생각한다. 건강해져 밤새워 놀 수 있을까.

모든 것은 절실함의 문제다. 몸이 좋지 않은 것은 어느 선을 넘으면 그때까지 농담의 대상이었던 녹즙의 존재감이 갑자기 사실적으로 보인다. 아무리 맛이 없다고 해도 독은 아니므로 단숨에 마시면 그뿐이다. 어깨 결림 피부 트러블 다리의 부종은 24시간, 녹즙은 단숨. 그래, 마셔주마.

필시 지인 몇 명과 나 자신도 그렇게 생각했다. 효과가 중요한데 이것은 개인차가 큰 것 같다. 내가 확실히 자각한 것은 어깨 결림이 사라진 일이다. 그리고 높았던 혈압이 정상으로 돌아가고 감기에 잘 안 걸린다. 하지만 걸릴 때는 걸리니, 진실을 판단할 수는 없다.

그래도 녹즙을 계속 마시는 것은 어째서일까? '어딘가'에는 효과가 있을 거로 생각하기 때문이다. 일단 마시기 시작했으니 관둘 수 없다. 관두고 '어딘가'가 나빠지면 큰일이다.

'돌아보지 마, 돌아보지 마, 뒤에는 꿈이 없어'라는 옛 시의 한 구절을 읊조리며 나는 흑초를 마시기 시작한 지 이제 곧 3개월이 된다.

朱の雪をおもへり太陽系内は不死とふ人の頭抱きつつ
水原紫苑

*

생각했었지 붉은 눈에 대해서
태양계 안은
불사라는 사람의 머리를 껴안으며
—미즈하라 시온

*

5

10

15

인생의 | 경험치

"너, 아직 거기 있었어?" 수화기 속 첫마디가 그것이었다. 학교 때 동급생이 십여 년 만에 전화를 걸어 왔다. "수첩에 옛날 전화번호가 있어서 일단 걸었는데, 아직 거기 있을 줄이야"라고 묘하게 진지하게 말했다.

나는 이런 일이 종종 있다. "아직 그 가게에 다녀?", "아직 이 점퍼 입어?", "아직 그림엽서를 모아?" 등등, 몇 번이나 들었을까.

새로운 물건이나 일을 두려워하는 성격으로 소심함 때문

인지 내 일상에는 변화라는 것이 극단적으로 드물다. 같은 곳에 살고, 같은 옷을 입고, 같은 것을 먹고, 같은 유흥을 반복하는 생활이 언제까지고 계속된다.

나는 인간의 일생에서 보통 사람이 경험하는 일의 대부분을 경험하지 못한 채 나이를 먹고 있는 것이 아닐까. 그런 생각이 들어서 시험 삼아 '인생의 경험치 목록'을 만들어 봤다. 내용의 크고 작음을 불문하고, 생각나는 대로 열거한 항목에 대해 실제로 경험한 일은 ○를, 경험하지 못한 일은 ×를 쳤다.

혼자살기	×	결혼	×
이혼	×	자식 갖기	×
부모의 죽음	×	집 사기	×
취직	○	이직	×
요리	×	세탁	×
골절	×	수술	×

해외여행	×	유흥업소	×
단추 달기	×	세뱃돈 주기	×
개, 고양이 기르기	×	선거 투표	×
헤어스타일 바꾸기	×	헌혈	×

목록 가운데는 경험하지 않은 편이 나은 일도 포함되어 있고, 아무래도 상관없는 사소한 일과 내 의지와는 전혀 관계없는 항목도 있다. 그러나 그렇다고 해도 이 결과가 인생에서의 실전 경험(?)의 정도를 나타낸다는 사실은 의심할 여지가 없다. 음, 내 인생에는 실전이 없다.

동 세대 친구에게 시험해 보자 가장 경험치가 높은 사람은 '유흥업소' 이외에 전부 ○. 그 친구는 여성이므로 사실상 전부 체크한 것이다. 반대로 낮은 경우는 '수술'과 '해외여행' 만 ○라는 사람이 있었다. 그는 나의 '취직' 항목이 포인트 적으로 높음(?)을 지적하고, 자신이 경험치가 낮기로는 챔피언이라고 주장했으나, 얼마 전 경사스럽게도 취직했다고 한다.

인생의 경험치를 결정하는 것은 무엇일까. 우연? 호기심? 소심함? 나는 재작년까지 '샤부샤부'를 먹어본 적이 없었다. 먹는 방법을 몰라 두려웠기 때문이다. 처음 먹은 '샤부샤부'는 무척 맛있어서 이후 몇 번이나 먹었다. 일단 괜찮다는 것을 알게 되면 급격히 그렇게 된다. 해외여행도 결혼도, 한 번 경험하면 몇 번이고 하게 될지도 모른다.

샤부샤부 ○

내년, 나는 39살이 된다.

風の夜初めて火をみる猫の目の君がかぶりを振る十二月

*

바람 부는 밤 처음 화재를 보다

현란한 눈빛 당신이 절레절레 고개를 젓는

십이월

*

원숭이의 휴대전화

휴대전화를 샀다. 그렇게 말하면 "뭐? 지금까지 없었어?" 라고 놀라는데, 내 성격을 아는 친구는 반대로 "휴대전화도 이제 이 정도로 보급되었단 말인가……"라고 중얼거렸다.

지금까지 휴대전화가 없었던 것은 새로운 물건을 이유 없이 두려워하는 성격 탓이 큰데, 어느 틈엔가 주위의 대부분 사람이 휴대전화를 가진 덕에 나는 없어도 그다지 곤란하지 않았던 이유도 있다.

그런데 어느 날, 역시 나와 비슷한 경위로 휴대전화 없이 살아 온 사람과 알게 되어서 서로 어떻게든 상대방에게 휴대전화를 갖게끔 하려는 도둑 잡기 게임이 시작되었다.

"호무라 씨가 사라고", "Y 씨가 사, 편리해", "없으니까 잘 모르면서", "아니야, 번쩍번쩍하는 것 보기에도 편리해 보여", "그럼 직접 사, 그래, 내가 사 줄게" 이런 언쟁을 했는데, 그러던 사이에 Y 씨와 약속이 엇갈리는 일이 두 번 정도 잇달아 일어났다. 이러면 서로 곤란하다. 대를 위해서는 소를 희생해야 한다. 그렇다면 같이 사러 갑시다, 이렇게 되었다.

신주쿠 역 동쪽 출구의 요도바시 카메라 1층에는 한눈에 들어오게 휴대전화가 줄지어 있었다. '0엔'이라니 마음껏 가져가라는 것일까, 따위를 생각하며 몇 대쯤 손에 잡아 봤으나 뭐가 뭔지 알 수 없었다. 결국, 말이 빠른 점원의 권유를 따라 최신형이고 획기적이며 엄청 편리하다는 녀석을 서로 색깔만 다르게 샀다. "그럼, 그것을 주세요"라고 말하자마자 점원은 엄청 능수능란하게 절차를 밟아 주었다. 갈팡질팡하는 사이에 우리는 휴대전화의 소유자가 되어 있었다.

그후에 둘이서 카페로 들어가 방금 산 휴대전화를 만져 봤지만, 아니나 다를까 기능이 너무 복잡해서 이해할 수 없었다. 번쩍번쩍하는 핸드폰을 쥔 우리는 마치 원숭이 같았다. 그러나 우끼끼, 우끼, 하며 조작하다 보니 전화 거는 법과 문자 주고받는 법을 원숭이 두 마리는 야성의 감으로 이해하게 되었다.

어느 저녁의 일이다. 나는 고라쿠엔 유원지에서 신입사원인 여자아이와 놀고 있었다. 문득 가슴팍의 휴대전화가 삐릭 울리고는 문자가 날아 들어왔다. 다른 한 마리의 원숭이가 보냈다. "지금 뭐 해?" 실은 팝콘을 먹으며 이야기를 하고 있을 뿐이었지만, 허세를 부리며 "키스"라고 대답했다. 바로 또 한 번 삐릭 울리더니 "나도." 그 문자를 본 순간, 강렬한 어지러움이 덮쳤다. 정말인지 거짓말인지 못된 장난인지 알 수 없는 그 반응에 시공을 초월한 괴이한 우정을 느꼈다.

死んでしまった仔猫のような黒電話抱えて歩む星空の下

*

마치 죽어버린 새끼 고양이 같은

검은 전화기

품고서 걸어가는 별 총총한 하늘 밑

*

어른의 묘미

어른의 묘미란 무엇인가에 대해 요즘 자주 생각한다. 나는 지금 39살인데, 흥미로운 일이나 즐겁다고 생각하는 일이 학생 시절과 거의 변함없다. 여자아이와 밥을 먹고 산책을 하거나, 헌책방에서 옛날 그림책을 사고 카페에서 커피를 마시며 그것을 들여다보거나. 독신이라 생활환경이 바뀌지 않은 탓도 있지만, 20년 전부터 반복해 온 일을 아직도 질리지 않고 하고 있다. 그것으로 즐거우면 됐지 뭐, 라고 친구들은 말하지만 모처럼 어른이 되었으니 학생 때는 생각지도 못했던 세상을 알고 싶은 기분이 든다.

내가 상상했던 어른의 묘미 중 하나는 예를 들어 캠핑카에 가족과 개를 태우고 강변에서 바비큐를 하는 것이다. 평범한 상상일지도 모르지만 적어도 이것은 학생의 즐거움은 아니라고 생각한다. 그러나 이 패턴을 실행하기에는 지금 내게는 캠핑카와 가족과 개와 바비큐 세트가 빠져 있다. 이만큼 부족하다는 것은 마음속 깊은 곳에서 사실은 그것을 바라지 않는다고밖에 생각할 수 없다.

주위 사람들에게 물어보면 "어른의 묘미? 음, 일과 가족 아닐까"라는 대답이 돌아오는 경우가 많다. 소위 말하는 라이프워크가 어른의 묘미라고 한다면 그 말이 바르다고 이해할 수밖에 없지만, 아찔한 맹점이 어딘가에 있는 것은 아닐까. 그런 식으로 우기고는 억지로 다시 물어서 다음과 같은 답을 얻었다.

가드닝, 스포츠 카이트Sports Kite, 호궁胡弓, 와인 셀러 갖기, 주식, 측량, 루어 낚시, 커피 원두 로스팅, 집짓기, 고지엔(일본어 사전*) 초판본 찾기, 불륜, 벌 유충 밥. 이것은 모두 실제로 내 지인들이 즐기고 있는 취미이다. '측량'은 측량용 기자재로 토지 등을 측정하는 것(당연한가)이다. 일본 어디를 가도 이미 지도가 있지 않으냐고 물으면 "아니, 그것이 뜻밖에 딱 들어맞질 않아"라고 진지한 얼굴로 말한다. "직접 측량하는 것이 재미지." 부럽기도 하지만 나만의 전용 지도를 만들기 위해 무거운 기자재를 끼고 여행을 즐길 수 있는 것은 선택받은 사람뿐이다.

'벌 유충 밥'은 한 마리의 벌을 추적해 벌집을 찾아서 포획해 벌의 유충을 꺼내 밥에 섞어 먹으면 엄청나게 맛있다고 한다. 벌 추적과 살충제를 사용하지 않는 포획 방법, 맛있는 요리법 등 다양한 요소가 존재하는 일종의 게임으로 몇 명의 성인이 열중해서 하루를 즐기는 것으로, 이를 위한 팀이 존재한다고 한다. 음, 재미있을 것 같다. 부럽다. 하지만 그것은 좀 애들 놀이 같지 않나?

冬。どちらかといえば現実の地図のほうが美しいということ

5

10

*

겨울.

어느 쪽이냐 하면

현실의 지도 그쪽이 훨씬 더 아름답다는 말씀

*

15

졌다고 | 생각할 때

몇 년 전 여름, 나는 친구 요코타와 함께 헌 옷가게에 들어갔다. 줄줄이 늘어선 알로하 셔츠 중 제일 앞의 한 장을 보자마자 요코타는 "오, 이거 좋다"고 말했다. 옷걸이째 계산대로 들고 갔다. 나는 약간 놀라서 졌다고 생각했다. 나라면 처음 눈에 들어온 셔츠가 아무리 마음에 들어도 계산대로 들고 가기 전에 옆에 진열된 많은 셔츠를 한 번 둘러보겠지. 왜냐하면, 어쩌면 그 속에 더 좋은 셔츠가 있을지도 모르니까.

그러나 나는 알고 있다. 그런 식으로 발견한 나의 '더 좋은 셔츠'는 실제로 입었을 때, 요코타가 고른 셔츠의 멋짐에 결코 미치지 못한다는 것을. 셔츠 자체의 차이가 아니라 영혼의 차이라고 생각한다. 요코타의 난폭한 떳떳함에 나의 신중한 판단은 완전히 패배했다. 이것은 아우라의 차이로 두 사람의 겉모습에 나타난다고 생각한다.

고교 시절 점심시간, 몇 명이 도시락을 먹을 때 한 친구가 가져온 삶은 달걀을 보고 말했다. "삶은 달걀은 가로로 깨는 건 간단하지만, 인간의 힘으로는 세로로 절대 깰 수 없어." 이를 들은 도쓰카 군이 감탄한 듯 "호오~"라고 말하고는 삶은 달걀을 손에 들었다. 한순간 뒤 '뿌직'하는 소리와 함께 달걀은 세로로 이등분되었다. "어라"하고 놀란 듯이 말한 도쓰카 군은 자기 손가락을 들여다봤다. 손가락 끝은 노른자와 껍질의 파편으로 범벅되어 있었다.

"호무라~, 깨지잖아~." 타인의 반찬을 파괴한 도쓰카 군은 곤란한 얼굴로 그렇게 말했다. 나는 견딜 수 없이 부끄러운 마음으로 졌다고 생각했다. 도쓰카 군은 내 말을 의

심한 것이 아니다. 순순히 믿고 있는 것을 시험했을 뿐이다. 그 결과가 이것이다. 내 지식은 어딘가의 책이나 TV에서 나온 것을 도용한 것이다. 그것을 '인간의 힘으로는'이라며 득의양양한 얼굴로 퍼뜨린 나와 두 개의 손가락으로 삶은 달걀을 절단한 도쓰카 군. 도쓰카 군의 달걀 범벅이 된 손가락이 눈부셨다.

며칠 전, 서서 먹는 국숫집에서 나는 새우튀김 달걀 우동을 먹었다. 문득 옆의 할아버지를 보니 가케소바를 먹으면서 손에는 유부초밥이 하나. 아, 졌다고 생각했다. 서서 먹는 국숫집에서 새우튀김 달걀 우동이라는 호화스러운 메뉴를 먹으면 어쩌자는 거야. 호화로운 것을 먹고 싶으면 호화스러운 가게에 가면 된다. 서서 먹는 국숫집에는 나름의 선택이 존재한다. 하지만 나는 어떻게 해도 그것이 안 된다. 안 되는 것이다. 그리고 안 된다고 생각하면서 몇 번이고 새우튀김 달걀 우동을 주문한다.

あ　かぶと虫まっぷたつ　と思ったら飛びたっただけ　夏の真ん中

*

아

장수풍뎅이 딱 두 동강이 났네

라고 봤더니 순간 날아올랐을 뿐

여름의 한 가운데

*

벌꿀 입문

몇 년 전 설에 가마쿠라로 놀러 갔을 때, 벌꿀을 파는 가게를 한 곳 발견했다. 요즘 세상에 벌꿀 전문 판매라는 것도 신기하지만, 헛간이라고 불릴 법한 가게의 분위기에 매료되었다. 함께 있던 친구는 '너무나도 수제 벌꿀이 있을 법한' 곳이라는 이상한 소리를 했다. 인간 크기의 벌이 눈을 빛내며 벌꿀을 팔고 있는 모습을 상상한다.

조금 늦은 새해 첫 참배를 먼저 끝내고서 벌꿀을 사러 돌아가니 가게는 이미 문을 닫았다. 아직 오후 3시 정도다.

폐점 시간이 무서울 만큼 이르다. 그 후에도 친구와 함께 몇 번인가 가마쿠라에 갔는데, 멀리서 차로 찾아오는 지바와 사이타마 주민인 우리는 벌꿀 가게의 폐점 시각에 아무래도 맞출 수가 없었다. 홧김에 "벌은 일찍 자나 보지"라고 욕한다.

그러던 어느 날, 기세등등하게 이른 시간에 가마쿠라에 도착했다. "오늘이야말로 벌꿀을 사겠어!", "오" 하고 기운차게 벌꿀 가게로 직행했다.

"어서 오세요"라고 맞아준 점원은 여자 사람이었다. 선반에 늘어선 몇 종류의 벌꿀 색은 미묘하게 다르다. 그중 하나에 내가 손을 뻗자 "그것은 초심자용이 아닙니다"라는 점원의 목소리. 깜짝 놀라 병에서 손을 뗀다.

그녀의 설명에 따르면 벌꿀 입문에는 특유의 향이 없는 토끼풀이나 아카시아 꿀이 좋고, 마로니에나 왕머루(과즙이 들어서 보라색)는 초심자에게는 힘들다고 한다. 힘든 꿀이란 뭐지? 라고 생각했지만, 마음이 약한 나는 순순히 토끼풀을 한 병 샀다. 친구는 무모하게도 가장 난해한 마로니에를 손에 들었다. 점원도 친구에게는 아무 말도 하지 않는다. 이 사람도 초심자라고요, 라고 생각한다.

며칠 뒤, "어땠어? 마로니에 꿀?"하고 물어보니 친구는 잠시 생각하더니 "달던데"라고 말하며 웃었다.

ルービックキューブが蜂の巣に変わるように親友が恋人になる

*

루빅스 큐브 퍼즐이 벌집으로 변하듯이

친구였던 사람이

문득 연인이 된다

*

마중 | 나갈게

오늘 회사를 쉬고 간 시력 검사 결과는 이상 없음이었습니다. 다행이죠. 몸은 다른 일이랑은 차원이 다르잖습니까. 안과 의사는 젊은 여성이었습니다. 무표정하고 친절한. 살짝 사투리를 씁니다(북쪽 사투리). 차트가 놓인 책상 곁에 곰 모양의 핑크색 가방이 있습니다. 무언가 여의사라고 하면 두근거리지 않나요. 이 사람과 사귀면 어떨까, 이러쿵저러쿵 생각해 버립니다. 사적으로 눈알의 내면을 들여다보고 "깨끗하네"라고 말하면 흥분하겠지요. 선생님이 "렌즈가 제대로 끼워진 안경을 끼세요"라고 몰아세우는 눈빛으로 말했기에 새 안경을 맞추기로 했습니다.

그 후 미나토 구 공공 직업안정소에 들러서 대기실 TV로 〈TV 체조〉를 봤습니다. 이것이 당신이 말했던 〈TV 체조〉인가 하고 꼼짝 않고 봤어요. 세 명의 여성이 체조를 했습니다. 이것은 전부 같은 사람? 서로 다른 사람이죠? 하지만 똑 닮았어요. 똑같은 의상과 쇼트커트 헤어스타일, 무표정한 웃음. 그녀들의 체조를 보고 있는 동안, 머리가 멍해집니다. 나는 정중앙 사람의 연인이 되어 NHK까지 차로 데리러 갑니다. 오른쪽 사람과 왼쪽 사람과 함께 나오는 정중앙의 사람에게 손을 흔듭니다.

정신을 차리자 직업안정소를 나와 택시를 타고 있었습니다. AM 라디오란 대단하군요. 특히 광고가 굉장해요. 눈을 감고 들었습니다. "야마토 전동 셔터, 편리하죠, 여보"라고 말했던 여자가 갑자기 무표정하게 "수고하셨습니다"라고 스튜디오를 나서는 장면을 상상하니 어질어질합니다. 이 사람은 아마도 전동 셔터 따위 만져 본 적도 없겠죠. 하이힐 소리를 내며 어디로 가는 것일까요?

이렇게 눈을 감고 있으니, 어둠 속을 빛의 점이 쓱 움직이는 것을 알 수 있습니다. 이 빛이 사라지면 버저를 누르는 겁니다. 그리고 다시 한 번 나타나면 버저를 누릅니다. 어라? 지금 이상한 데서 사라졌어요. '맹점'이란 진짜 존재하는 거군요, 선생님.

자, 내일, 8시에 데리러 갈게요. 기대하고 있어요. 당신은 어떤 사람일까요.

呼吸する色の不思議を見ていたら「火よ」と貴方は教えてくれる

5

10

*

호흡을 하는 색깔의 신비함을 보고 있으니

'불이야'라 당신은

알려주시는 군요

*

15

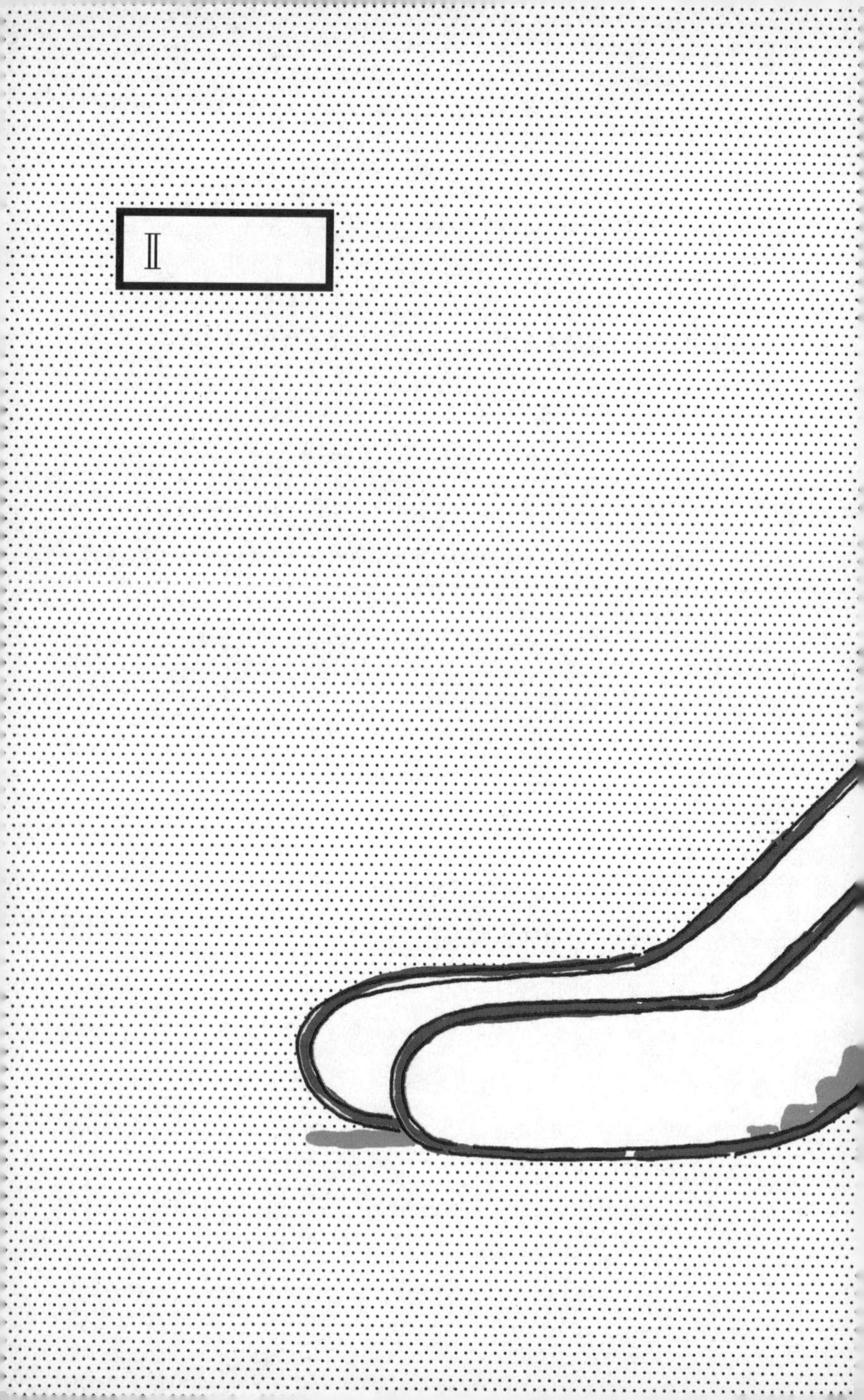
Ⅱ

7월의 기억

1969년 7월. 나는 야마하의 여름방학 음악 교실에 다녔다. 수업 첫날, 상냥해 보이는 선생님이 학생 하나하나에 음악 세트를 건네주었다. 상자 속에는 교본, 종이 건반, 몇 개의 검고 둥글고 작은 자석 등이 들어 있었다. 음악 세트의 뚜껑 뒷면은 오선지로 선생님의 오르간을 들으면서 그 위에 음표를 판단해 자석을 붙인다. 교본을 보면서 종이 건반으로 손가락 사용 연습을 한다. 〈잘 가〉라는 노래로 하루 레슨이 끝나면 출석 노트에 작은 과일 스티커를 붙여줬다.

초반에는 즐거웠던 음악 교실도 몇 번 다니다 보니 완전히 질렸다. 도미솔과 도파라의 청음은 아무리 시간이 지나도 안 되고, 종이 건반은 아무리 쳐도 소리가 나지 않는다. 교실 창밖에는 반짝반짝 잎사귀가 빛난다. 따분하다. 따분하다. 이럴 거면 시영 수영장에 가는 것이 훨씬 낫다.

나와 같은 기분을 나보다 훨씬 심하게 느끼던 아이가 있었던 것 같다. 어느 날, 교실 한쪽 구석에서 비명 섞인 환성이 들린다. 도미솔과 도파라에 절망한 남자아이가 자석 음표를 몇 개나 입에 넣고 삼킨 것이다. 엄청난 용기를 보여준 것은 역 앞 시나다 양품점의 시게오 군이었다. 끙끙 앓는 울상에 대고 오카다 이즈미 선생님은 상냥하게 말했다.

"시게오 군, 그런 짓 하면 못써. 그래 봤자 내일이 되면 자석은 밖으로 나오거든."

선생님의 웃는 얼굴에 간담이 서늘해진 나는 간단히 마음을 바꿔 먹었다. 그리고 도미솔과 도파라도 결국 구분하지 못한 채 그 여름, 출석 노트는 과일 스티커로 가득 찼다.

◇

1981년 7월, 나는 짚신으로 물을 튀기면서 고비키자와라는 계곡을 걷고 있었다. 일행은 모두 다섯 명. 리더인 가라키 씨는 히말라야 등정 경험도 있는 실력파이고 체력이 부족한 신입 부원들에게도 1박 2일의 계곡 오르기는 즐거운 놀이 같았다. 수면에 반사되는 빛 속을 다 같이 농담을 주고받으며 올라갔다.

"우리 부모님은 말이야, 나가노에서 멜론 농사지어"라고 가라키 씨는 말했다.

"히로시, 멜론 맛있게 먹는 법 알아?"

모른다고 대답하자, 가라키 씨는 가르쳐 주었다.

"멜론 위에 멜론 주스 분말을 뿌려서 먹는 거야, 맛있다니까."

저녁 무렵, 우리는 강변에서 식사 준비를 시작했다. 그날 밤의 메뉴는 카레였다. 식사 담당인 내가 맛을 보자 디저트용 파인애플 통조림을 발견한 가라키 씨가 말했다.

"오, 이거 카레에 넣자."

"어, 그건 위험해요."

"역시 따로따로 먹어요."

저마다 반대하는 일행에게 가라키 씨는 말했다.

"아니야, 외국에는 과일 카레라는 게 있는데, 엄청 맛있다니까."

리더의 명령에 따라 완성된 파인애플 카레는 아닌 게 아니라 배가 고팠던 우리도 먹지 못할 만큼 엄청난 '단맛'이었다. 포기하고 무장아찌와 함께 저녁을 먹기 시작한 우리 앞에 가라키 씨는 홀로 단호히 카레를 미어터지게 입에 넣으며 모두를 격려했다.

"봐봐, 나름 맛있다니까, 먹어 봐. 괜찮아, 먹을 만하다고. 이 정도도 못 먹으면 히말라야 못 오른다니까."

◇

1986년 7월. 나는 강당에서 헌법 강의를 듣고 있었다. 창

밖은 뜨거운 바람과 저릴 정도의 매미 소리. 옆자리 학생이 뚱뚱한 몸을 흔들며 작은 소리로 노래하고 있다. 배고프다. 배고프다. 배고프다아. 그 노래에 맞춰 내 손에 든 샤프 끝에서 핑크빛 다진 고기가 흘러 떨어진다. 곱디곱게 흘러 떨어진다.

그때 교실 한구석에서 하나의 술렁거림이 세찬 파도처럼 전해 온다.

— 지금, 4번가 빌딩에서 가수 Y · O가 뛰어내렸대.

옆자리 학생이 망연히 중얼거린다. 거짓말이야.

진짜야, 라고 나는 생각한다.

限りなく音よ狂えと朝凪の光りに音叉投げる七月

*

끝이 없도록 소리야 들끓어라

아침 무풍의 빛 속에 소리굽쇠 힘껏 던지는

칠월

*

5

10

15

텔레비전 | 님

초등학생 시절, 딸기가 식탁에 올라오면 기뻤다. 한 알씩 숟가락으로 조심스레 으깨면서 우유가 빨갛게 물들어 가는 것을 보는 것이 가장 행복한 시간이었다. 우리 집에서는 딸기는 비싼 과일이었기 때문이다. 멜론은 거의 볼 수 없었다. 극히 드물게 멜론을 먹을 기회가 있어도 익숙하지 않은 맛이라서 맛있는지 어떤지 알 수 없었다. 멜론 님이시네 생각하고 꾸역꾸역 먹은 탓인지 더더욱 맛을 알 수 없었다(현재도 복어 같은 것이 그런 느낌이다). 그리고 자몽은 아직 나의 세계에는 존재하지 않는 과일이었다.

그 시절, 텔레비전은 텔레비전 님이었다. 다리 네 개가 달린 우리 집 흑백 텔레비전은 사용하지 않을 때는 흰색 천을 덮고 있었다. 그것은 도대체 무슨 의미였을까, 텔레비전에 먼지가 묻지 않게 하려는 배려였을까. 그런 것을 해봤자 딱히 효과가 있을 거라고는 생각하지 않는다. 그 천은 어느 쪽이냐면 고마운 텔레비전 님을 모시기 위한 주술적인 의미가 강했던 것이 아닐까.

이것은 피아노도 마찬가지라고 생각한다. 당시 유행하기 시작한 업라이트 피아노에는 어느 집이나 대개 커버를 씌워 두었다. 그리고 피아노 위에는 런던의 병정 인형(폭신폭신한 머리 부분이 먼지떨이처럼 생겼다)이 오도카니 서 있어서 소중한 피아노 님을 지키고 있다.

수호병이라면 내 방 책장에는 《세계의 위인전》과 《일본의 전기》가 각각 열 몇 권씩 늘어서 있었다. 장래 훌륭한 사람이 되도록 부모님이 염원을 담아 사 모은 것이다. 가장 좋아한 것은 퀴리부인과 베토벤이었다. 귀가 나빠진 베토

벤은 직접 지휘한 '제9번'을 향한 엄청난 갈채가 들리지 않았다는 에피소드에 감동했다. 그러나 현재는 위인전을 읽는 습관은 없다. 대신 《세계의 연쇄 살인마들》이라는 책을 애독하고 있다. 유능한 회사 경영자이면서 몇십 명의 소년을 살해해 자택 바닥에 매장하고, 피에로 분장으로 시설 등지에 위문공연을 다녔다는 존 웨인 게이시의 얼토당토않음에 감명받았다.

그때는 우롱차가 없었다. 여름방학 동안 냉장고에는 보리차와 설탕이 든 보리차가 들어 있었다. 그때그때의 기분에 따라 골라 마신다. 나는 설탕이 든 보리차만 마셨다. 지금 생각하면 징그러운 음료다. 스파게티라는 말은 있었지만, 파스타라는 말은 없었다. 미트 소스와 나폴리탄은 있었지만, 까르보나라나 봉골레는 없었다. 체지방계 같은 것은 없었다. 체질량 지수라는 개념 자체가 없었기 때문이다. 체중계도 우리 집에는 없었다. 백화점 옥상으로 올라가는 계단의 층계참에 백 엔을 넣으면 잴 수 있는 체중계가 놓여 있었다. 신발을 신은 채 올라가는 거대한 철제 체중계다. 이

체중계에 올라가는 것이 휴일의 아베크(커플이라는 말은 없었다)에게 즐거움이었다. 층계참에는 이 외에 껌 자동판매기가 있었다. 자일리톨은 없었다. 그 옆의 유리 자동판매기는 오렌지 주스를 아름답게 내뿜었다. 종이컵으로 마시는 것이다. 팔등신이라는 말은 있었고, 다리가 길면 좋다고 했지만, 얼굴이 작은 것이 좋다는 가치관은 아직 없었다. 얼굴의 크고 작음을 단독으로 평가하는 일은 없었다. 역에는 자동개찰구가 없었다. 이오카드(일본 JR 동일본의 대중교통용 IC 카드/교통카드*)는 없었다. Suica(일본 JR 동일본의 대중교통용 IC 카드/교통카드*)는 없었다. 역무원이 표 가위를 빙글빙글 돌리면서 빵빵빵빵하고 빠른 속도로 표에 구멍을 뚫었다. 발밑에 파편이 잔뜩 흐트러져 있었다. 우리는 전부 그 표 가위를 동경했다. 표는 딱딱했다.

모두 다 2학년 1반 주소록 전화번호 칸에 호呼라는 문자가 가득했던 시절의 이야기다. 그것은 전화로 불러내는 게 가능한 이웃과의 교제가 아직 살아 있던 증거이기도 하다. 해 질 녘 어머니들은 이웃과 된장이나 간장을 서로 빌리고 빌려 주었다. 하늘에는 백화점의 애드벌룬이 몇 개나 떠다녔고, 소형 비행기가 선전용 소노시트sonosheet(보통의 LP보다 얇고 부드러운 비닐로 된 음반*)를 뿌려댔다. 우리는 콧물을 흘린 채 멀거니 여리꾼 아저씨(이상한 복장을 하고 악기를 울리면서 거리를 돌아다니며 선전 · 광고하는 사람*)의 뒷모습을 바라보고 있었다.

그 시절, 아이들에게는 집 지키는 일이 있었다. 지금 생각하면 무엇을 위한 행위였는지 잘 모르겠다. 어째서 집에 사람이 없으면 안 되었을까. 집 지킬 때, 나는 몰래 'KEY HUNTER', '플레이걸' 같은 성인용 TV 프로그램을 봤다. 부모님이 돌아온 순간 TV를 끌 수 있도록 부자연스러운 자세로 봐야 해서 무척 피곤했다. 비밀 실험도 했다. 오렌지 맛 환타와 포도 맛 환타를 섞는 실험이다. 맛은 기억나지 않지만, 무척 더러운 색이 된다.

계마桂馬

(장기 말의 하나*)

중학생 때는 뇌와 몸과 마음의 균형이 두서없이 엉망이라 힘들었다. 그 탓이라고 생각하지만, 당시의 기억이 그다지 남아 있지 않다. 담임 이름을 한 명도 떠올릴 수 없다. 수학여행이 기억나지 않는다. 어디 갔는지, 무슨 일이 있었는지 등이 아니라 갔는지 어쨌는지가 기억나지 않는다.

중1, 1년 동안, 점심 도시락이 매일 오이 김밥이었던 것은 기억하지만, 왜 그렇게 된 것인지 기억나지 않는다. 매일 오이 김밥으로 해 달라고 어머니에게 부탁했던 것일까.

그렇게 오이를 좋아했나? 알 수 없다. 늘 바지 주머니에 장기 말인 '계마'를 넣고 있었던 것은 기억하지만, 뭘 하려고 그런 행동을 했는지 기억나지 않는다. '계마'가 뭐지? 모든 것이 초점이 어긋나 있다.

맹장으로 잠시 학교를 쉬고 있던 게스케가 부활해서 다시 나왔을 때, 오랜만에 얼굴을 봐서 기뻤던 나는 게스케의 배를 팡팡 때렸다. 가볍게 인사할 요량이었으나 상대방은 '으윽'하고 배를 부여잡고 쭈그려 앉았다. "너, 너무한 거 아니냐"라고 주위 친구들이 놀랐지만, 누구보다도 놀란 것은 나 자신이다. 게스케가 맹장을 잘라낸 것은 물론 알았지만, 잊어버린 것이다. 그런 경우가 다 있냐고 해도 있으니까 어쩔 수 없다. "미안미안미안미안미안미안"하고 나는 울먹이며 사과했지만, 게스케는 신음하며 양호실로 실려 갔다. 그 후 어떻게 되었는지 기억나지 않는다.

국어 시험에 엉망으로 답을 쓴 일도 있다.

① やは肌のあつき血汐にふれも見でさびしからずや道を説く君

보드란 살결 뜨거운 피 만져보지도 않고

쓸쓸하지 않나요

길을 묻는 그대여

① 의 단카의 작자는 누구인가? *답: 로드니나 자이체프*

① 의 단카는 몇 구 끊기인가? *답: 잘게 끊기*

이런 느낌으로 끝까지 답을 썼다. 로드니나 자이체프는 그 시절 동계올림픽 아이스 댄스에서 우승한 소련의 페어다. 아름다운 연기가 인상에 남았다.

며칠 뒤, 호출을 받고 교무실로 가니 고전 문법 미치코 선생님은 무언가 필기하고 있었다. 잠시 곁에 선 채 기다렸다. 이윽고 미치코 선생님은 이쪽을 향해 "내 수업에 무언가 불만이 있니, 있으면 말해 봐"라고 했다. 하지만 수업에 아무런 불만이 없으니 대답할 수가 없었다.

"그럼 이 답은 뭐니. 너, 정말 이렇게 생각하고 쓴 거니?"

그렇게 말해도 어째서 그런 짓을 했는지 잘 모르겠다. 정말 그렇게 생각했는지, 어쩐지, 잘 모르겠다. 그렇게 생각했던 것 같기도 하다. 두근거리며 그런 것을 멍청하게 생각하고 있자, 분명히 하지 않는 내 대응방식에 선생님은 짜증내기 시작했다.

이윽고 미치코 선생님은 떨리는 목소리로 "로드니나 자이체프가 뭐니, 이것은, 이것은 두 사람이잖아"라고 말한 순간 나는 웃음이 멈추지 않았는데, 아아, 그다음 어떻게 되었는지 기억나지 않는다.

다들 나만큼 심하지는 않았겠지만, 이런 식으로 초점이 어긋난 생물이 대량으로 생식하던 중학교라니, 어쩐지 시공간이 뒤틀린 것 같은 기분이 든다. 체육관 뒤쪽은 항상 모락모락 아지랑이가 피어나고 있었다. 모락모락 피는 아지랑이를 보며 홀로 설명할 수 없는 것들을 이것저것 몽상했다. 뭘 생각했었는지 무엇 하나 기억나지 않는다. 그리고 바지 주머니에는 '계마'가……. 으으, 떠올리고 싶지 않다.

지금, 전철 안에서 어색하게 즐거운 듯 이야기하고 있는 중학생들을 보면 문득 얄미운 마음이 끓어오르는 경우가 있다. 빨리 미래가 되어서 이 녀석들이 전원 절망하면 좋겠다고 생각한다.

용서받고 싶다면 내일까지 장기 말을 한 개씩 주머니에 넣어 와. 알겠느냐, 실수하지 마. '계마'야.

공포의 | 등 번호

어린 시절, 바나나를 드시던 아버지의 눈이 너무나도 진지해서 무서웠다. 평소에는 온후한 아버지인데, 그때만큼은 명백하게 분위기가 바뀐다. 아버지가 어릴 때는 가난해서 바나나 같은 것은 먹고 싶어도 먹을 수 없었다고 말하는 어머니의 설명을 듣고서는 그렇구나, 하고 일단 이해했지만 그렇다고 쳐도 그렇게 열심히 먹으면 어쩐지 무섭다고 어린 마음에 생각했다. 이 자식, 이 자식, 이 바나나 자식, 하고 과일을 입으로 밀어 넣는 아버지의 기세는 맹렬하고, 그

눈에는 뭐라고 해야 하나, 동경하던 바나나 님에 대한 복수의 빛이 깃들어 있었다. 아버지는 이미 바나나를 '평범하게 먹는' 것은 불가능했다.

내게 연애란 아버지의 바나나 같은 것이라고 생각한다. 초등학교부터 중학교에 걸쳐 나는 《작은 연애 이야기》(미쓰하시 지카코 저)를 애독했다. 그리고 자작 〈러브 포엠〉을 노트에 쓰면서 연애에 대한 동경을 심화시켰다. '앵두의 첫사랑은 달콤하고 새콤한 체리러브……', 이윽고 나도 달콤하고 새콤한 세상으로 가게 된다고 믿었다.

고등학생이 되었을 때, 여자가 나를 전혀 상대해 주지 않는다는 사실을 깨달았다. 역시, 하고 마음속 어딘가에서 생각하며 충격을 받았다. '잘 나간다', '잘 안 나간다'라는 무서운 말이 존재하지는 않지만, 또래의 '여자'가 '남자'를 ○인가 ×인가 하는 이분법으로 판단하는 것은 당시라고 다를 바 없었다. 그리고 ○와 ×는 두 개의 서로 다른 평가가 아니다. ×는 요컨대 이 세상에 존재하지 않는다는 것이다. ×인 남자란 여자에게는 '존재하지 않는' 것이다. 내가 '존재하지 않는다'는 의식은 나를 깊게 절망시키고 위축시켰다.

고등학교 1학년 가을, 다가오는 체육대회를 위해 반마다 똑같은 축제 의상과 등 번호를 만들었다. 컬러풀한 축제 의상과 등 번호의 산을 본 순간 내 머릿속에서는 무서운 의문이 한 가지 떠올랐다. 그것은 '누가 저 등 번호를 의상 등에 달 것인가' 하는 것이다. 사이좋은 남자의 등 번호를 같은 반 여자가 달아 주는, 그런 흐름이 될 것이 분명하다. 농구부 에이스인 미치카즈나 기타를 잘 치는 오카노의 등 번호는 그들의 여자친구가 달아 주겠지. 그러나 내 등 번호는 어떻게 될 것인가. 잠깐 거기까지 생각하니 가슴이 두근거린다. 주위의 모두는 출장 종목이나 응원전에 관해 열심히 이야기하고 있다. 그렇지만 내 의식은 서치라이트처럼 등 번호에서 떠나질 않는다. 어지럽게 흐트러진 축제 의상과 등 번호가 머릿속을 뱅뱅 돌고 있다. 아마도 내 등 번호는 영원히 의상에 달릴 일이 없겠지. 체육대회 당일 홀로 등 번호가 없는 축제 의상을 입은 내 모습을 상상하니 식은땀이 흐른다.

그러나 하늘의 도움인지, 내 등 번호를 달아 줄 여자가 나타났다. 서글서글하고 마음씨 착한 체조부의 이노우에 씨가 '기타 여러 남자'의 몫을 한꺼번에 떠맡아 준 것이다. 물론 이노우에 씨는 '호무라 군의 등 번호' 같은 인식은 없다. '기타 여럿 중 하나'로써 단지 기계적으로 달 뿐이다. 하지만 어쨌든 등 번호 없는 옷이라는 최악의 사태는 피했다. 겨우 안심이 된 나는 이미 체육대회는 다 끝난 것처럼 느껴졌다.

며칠 뒤, 방과 후의 교실로 들어간 나는 무시무시한 광경을 보았다. 해 질 무렵의 교실 안에서 농구부 미치카즈가 스스로 등 번호를 꿰매고 있었다. 충격으로 꼼짝 않고 서 있던 나를 향해 미치카즈는 '어이'하고 밝은 미소를 보여 주었다. 미치카즈…… 마음만 내키면 전쟁 중의 천인침(전쟁에 참전하는 사람의 앞날이 오래가기를 빌며 천 명의 여자가 한 땀씩 붉은 실로 수놓은 것*)처럼 한 땀씩 반 여자 전원에게 등 번호를 꿰매게 할 수 있는 슈퍼스타가 자기 손으로 등 번호를 달고 있다. 아니, 슈퍼스타이기 때문에 아무렇지도 않게 이럴 수 있는 거다. 아니아니, 그런 미치카즈라서 애당초 여자애들이 좋아하는 거다. 격한 후회가 나를 덮쳤다. 아아, 어째서 내 손으로 직접 등 번호를 단다는 발상을 하지 못한 것인가. 누구도 등 번호를 달아 주지 않는 나 자신을 있는 그대로 받아들일 용기를 갖지 못한 것인가. 등 번호를 달아 주었다는 사실만으로 안심하고, 나는 이미 체육대회가 다 끝난 기분으로 지냈다. 미치카즈의 체육대회는 이제부터다. 분명히 당일 경기에서 대활약하겠지. 반 여자애들은 빠짐없이 모두 그를 응원할 것이다. 반대로 나는. 끝없이 빙빙 도는 생각에 사로잡힌 채, 비틀비틀 교실을 나왔다. '졌다'는 생각 조차 못하고 단지 '망했다'는 기분을 깊이 가슴에 끌어안은 채.

1977년, 가을. 나를 좋아해 줄 여자아이가 이 세상 어딘가에 진짜로 있을 거라고는 전혀 생각지 못하는 나였다.

링 반데룽
ring wandering

(환상방황)

대학에 들어간 해, 나는 체육동아리 반더포겔 부에 가입했다. 아웃도어형 인간이 전혀 아니었지만 모처럼 홋카이도에 있는 대학에 들어갔으니, 하는 들뜬 마음이 대담한 선택을 하게 만들었다. 반데룽이 하이킹 같은 거라고 믿었었다.

동아리 활동은 봄맞이 산 종주부터 여름의 계곡 오르기, 강 리프팅을 거쳐 겨울에는 한 해를 마무리하는 설산 합숙으로 이루어진다. 산악스키를 타는 겨울 합숙은 무척 힘들어서 신입생은 아무래도 일행의 속도를 따라갈 수 없다. 장갑 색이 보이지 않을 정도로 거센 눈보라 속에서 일행인 나를 포함한 신입생 세 명은 계속 고전했다. 거목의 뿌리에 스키가 통째로 빠져서 발버둥 치던 오나카가 문득 멈춰서 말했다. “언젠가 메트헨과 둘이서 산에 오고 싶어.” 헐떡이며 눈을 퍼서 먹고 있던 와지가 “아아, 메트헨”이라고 읊조렸다. 나는 눈이 침침해서 목소리를 내지 못했지만, 그 달콤한 울림은 마음에 사무쳤다.

산에서 쓰는 말은 어째서인지 독일어에서 유래한 경우가 많은데, 여자아이를 의미하는 메트헨Mädchen도 독일어 방언 같은 녀석(?)이라고 배웠다. 나는 이제껏 한 번도 여자아이와 사귄 적이 없었다. 다른 두 사람도 그렇다고 생각한다. 생각해 보면 그 시절의 우리에게 메트헨은 에베레스트보다도 요원한 존재였다.

합숙의 밤은 연회의 여흥으로써 선배들 앞에서 개인기를 보여 주는 것이 통과의례였다. 할 만한 것이 없었던 우리는 와지가 별명의 유래대로, 복싱선수 와지마 고이치와 똑같이 생겼다는 이유만으로 공개 복싱을 했다. 선수 역을 맡은 와지와 나는 복싱 트렁크 한 장만 입었고, 오나카는 주심을 맡아 나비넥타이를 맸다.

"홍 코너, 와지마 고이치~"라고 소개된 와지는 필살기 개구리 뜀을 흉내 내며 뿅뿅 뛰었다. "좋은데~," "똑같다~"라는 엄청난 환성.

누구도 닮지 않은 나는 머리부터 스타킹을 뒤집어쓴 수수께끼(?)의 선수라는 설정이었다. "청 코너~"라고 오나카가 외쳤다. "스타킹 히로시~." 나는 나일론의 신축성으로 일그러진 얼굴로 크게 고개를 내젓고선 머리 위로 돋아난 두 개의 다리를 붕붕 돌렸다. "바보 자식", "변태"라는 엄청난 환성. 생각해 보면 그 시절의 우리에게 메트헨은 북극성보다도 요원한 존재였다.

그 시절의 메트헨에 대한 마음을 어떤 형태로 남겨 두었어야 했다. 좀 더 일찍 단카와 만났더라면, 하고 생각한다. 표현 형식을 불문하고, 그 시절에만 쓸 수 있는 것이 분명히 있으며, 나중에 시간을 거슬러서 그 마음에 생생하게 생명을 불어넣을 수는 없다. 지금 내가 홋카이도에서 엄동기 산악스키에 도전한다면 죽겠지. '스타킹 히로시'는 지금 도전해도 죽을 일은 없지만, 그만큼 순수한 열정을 갖고 싸우는 척(?)을 할 수는 없다. 지구에서 몇 파섹이나 떨어진 항성이나 얼어붙은 미지의 산꼭대기처럼 요원한 존재로서 여성을 인식한 시를 나는 제때 쓸 수 없었다.

겨울 합숙 몇 개월 후 나는 반더포겔 부를 나오고, 대학을 그만두었다. 사이타마의 부모님 댁으로 돌아가 빈둥대고 있던 때, 오나카가 죽었다는 이야기를 들었다. 일순, 조난인가 생각했지만, 그것은 아니었다. 만취해서 침대에서 담배를 피운 것 원인이 되어 연기에 휩싸였다고 한다. 실감이 나지 않았다. 오나카와 한 팀으로 올랐던 겨울 합숙을 멍하니 생각했다. 추위와 피로로 인해 다리에 경련을 일으켜 오나카가 쓰러진 적이 있다. 스키를 벗기면서 "괜찮아"라고 물었을 때, 장딴지를 누르고 신음하며 녀석은 "안 되겠어. 이 다리로는 이제 집으로 돌아갈 수 없어"라고 말했다. 와지마와 똑 닮은 와지의 본명이 아무래도 떠오르지 않았다. 본명으로 불러 본 적이 없으니 무리도 아니다.

이듬해, 나는 도쿄의 대학에 다시 들어갔다. 새로운 학교에서 동아리에는 들지 않았다. 친구 방에 기어 들어가서 아르바이트와 마작을 하러 다녔다. 뭐라도 해야 한다는 마음으로 도서관에 가기도 했지만, 무엇을 해야 좋을지 몰라서 식당에서 카레를 먹고 돌아왔다. 영문학 수업에서 교수님인 피터 밀포드 신부님에게 "유 노 낫씽"이란 말을 들었다. 마작 점수 계산을 마지막까지 제대로 하지 못했다. 아르바이트 자리에서 알게 된 유부녀와 사귀다가 남편이 뿌리는 등유에 맞을 뻔했다. 깜짝 놀라 뛰어서 도망쳤다. 메트헨과의 둘만의 반데룽은 끝끝내 없었다.

海はけふ傷のごとくに鮮しと告げくるひとをまぶしみてゐつ

大塚寅彦

5

10

*

바다는 오늘

마치 상처와 같이 선명하다고

알려주는 사람을 눈부시게 보았네

—오스카 도라히코

*

15

1983

요쓰야

도쿄에 관한 최초의 기억은 신주쿠에 게로용(〈목마자리 시간의 코너〉라는 방송의 '개구리의 모험' 주인공. 1966년 니혼테레비 방송*) 공연을 보러 갔을 때의 일이다. 나는 다섯 살이었다. 당시 살았던 사가미하라에서 아버지와 함께 전철 오다큐 선을 타고 신주쿠로 갔다. 게로용은 개구리 인형이다. 안녕히 있으시라는 말을 게로용의 언어로는 '핫핫하-이'라고 했다. 객석에서 올려본 게로용의 녹색과 로망스 카의 부드러운 벨 소리가 도쿄의 첫 기억이다.

두 번째 기억은 고등학교 여름방학에 나고야에서 홀로 상경해 하라주쿠로 가죽 점퍼를 사러 갔던 일이다. 메이지도리 길에 막 생긴 'VOICE'에 갔다. 한여름에 무거운 가죽 점퍼를 몇 번이고 입고 벗기를 반복해서 땀투성이가 되었던 것을 기억한다.

요쓰야에 있는 대학에 다니면서 도쿄는 일상적인 생활의 장소가 되었다. 실험 리포트에 쫓기는 이공계 학생과 비교하면 문학부 학생에게는 자유로운 시간이 많았다. 근사한 일을 하고 싶다면 해도 좋았다. 그러나 무엇을 해야 좋을지 알지 못했다. 미래를 너무 갈망한 나머지 '지금'이라는 시간은 한없이 등한시했다. '지금'을 사는 일의 절망적인 곤란함이 생의 스포트라이트를 일순 뒤의 미래로 미루고 있었던 것인지도 모른다.

좌우간에 1980년대의 도쿄라는 공간은 내게 '지금'을 소홀히 살기 위한 무대장치라고 해도 좋을 곳이었다. 목숨을 불태우며 사는 법을 손에 넣을 수 없다는 초조함은 이 거대한 장치로 인해 찰나적이고 수상쩍은 빛으로 바뀌었다.

피터 밀포드 교수가 유치원생처럼 서툰 일본어로 부르는 출석에 대답하고서 우리는 차례로 교실을 빠져나왔다. 그리고 학교 뒤 마작 게임장 '하나'나 당구장 '빌리'에 갔다. 왼손 브리지조차 제대로 못 만드는 우리가 만화로 배운 찍어 치기에 도전해 당구대 천을 찢었다. 이후 '빌리'의 벽에는 '찍어 치기 금지'라는 벽보가 붙었다. '찍어 치기 없는 당구 같은 것이 어디 있느냐'고 우리는 말했다.

저녁이 되면 누군가의 차를 타고 음식점에 갔다. 비싼 음식점에서 싼 것을 먹는다. 히로오 'ENOTECA'의 벽은 수많은 와인 병으로 장식되어 있었다. 각 병 아래에 붙어 있는 설명에 따르면 안토니오 이노키(전 프로레슬링 선수*)와 소녀대(아이돌 그룹*)와 미카사노미야 도모히토 친왕과 아일톤 세나(1990, 1991 F1 세계챔피언*)가 방문했을 때 마신 와인의 공병이라고 한다. '어린 것들이 와인을 마시고 말이야, 소녀대' 따위를 말하며 우리는 후루룩 스파게티를 먹었다.

크리스마스는 선물의 계절이었다. 하라주쿠의 헌 옷 가

게인 '핑크스'의 벽에서 멍청히 마네킹의 민머리를 바라보고 있자, 탈의실 문이 열리더니 여자아이가 모습을 드러낸다. "음, 괜찮은데"라고 건성으로 지껄이는 나를 보고 서머드레스 차림의 여자아이는 손바닥을 나풀거려 위를 가리킨다. 올려다보니 천장 한 면에 거꾸로 붙여 있는 수많은 컬러풀한 애기 신발.

학교 뒤편에는 아카사카의 영빈관이 있었다. 국제회의 등으로 요인이 일본에 방문하면 저격 사정거리 안에 있다는 이유로 대학도서관 6층 이상의 층에는 들어갈 수 없었다. 엘리베이터 홀에 세워진 출입금지 간판을 보며 "또 누구 대단한 놈이 왔나 보네"라고 말했다.

서밋이 열리고 있던 어느 날, 우리 동아리가 요쓰야의 제방에서 훈련하는 것을 본 경관이 불러 세웠다. 직무 질문에 대답하고 신입부원이 끼고 있던 짐을 풀자 안에서 형태나 금속의 질감이 폭탄 그 자체인 물체가 모습을 드러내 경관이 눈을 부라렸다. "산에서 쓸 석유풍로입니다. 신입생에게 사용법을 알려 주려고……." 동아리 매니저가 초조해 하며 설명해 무사히 마무리되었다. 무표정으로 돌아간 경관의 옆을 "쾅, 펑, 꺅" 소리내며 빠져나왔다.

현재는 사이타마의 자택에서 근무처인 오타 구로 다니고 있고, 이따금 도심으로 놀러 나간다. 지난 주말 밤에 요요기체육관 앞의 육교를 건너며 담배를 떠올렸다. 십여 년 전의 밤, 콘서트에서 돌아오는 아이들 탓에 낙서투성이가 된 육교 위에 모여서 우리는 자동차 무리를 내려다보고 있었다. 남자들은 멍하니, 여자들은 이따금 웃으며 몇 개비의 담배를 돌려 피웠다. 나는 그 중 누군가를 좋아하고, 누군가를 싫어했다. 하지만 졸업한 후에 두 번 이상 만난 녀석은 한 명도 없다.

감상적인 기분으로 육교를 다 건넌 나는 차를 타고 자정까지 열려 있는 고마바 도쿄대 앞의 '정키 아 고고'에 갔다. 거기서 치노 반바지를 든 아내가 탈의실로 들어간 동안 은색 비치매트를 샀다. 수영복을 입을 만한 바다에는 십 년 이상 간 적이 없으며, 올여름 갈 예정도 없는데 말이다.

어른 리포트

욕조에 들어가면 자연스레 '하~' 소리가 나온다. 어라? 하고 생각한다. 어릴 때는 이런 소리가 나오지 않았는데, 나도 조금은 어른이 되었나 보다. 친구에게 이야기하자 그것은 어른이 된 것 아니라 나이 들었다고 하는 거지, 라고 나를 타일렀다. 그렇구나, 나이가 든 거구나. 어째서 나이를 먹으면 이런 소리가 나오는 것일까. 나이 탓에 막힌 혈액이 뜨거운 물의 압력과 열로 순간적으로 해방되기 때문일까.

그러고 보면 미각도 변한 기분이 든다. 어릴 때는 채소를 싫어했다. 무엇 때문에 파가 이 세상에 존재하는지 몰랐다. 하지만 지금은 서서 먹는 우동 가게 우동에 파가 잔뜩 들어 있으면 기쁘다. 가게 아주머니에게 파를 많이 넣어 달라고 하고 싶지만 하지 않는다. 아직 그 정도로 어른이 된 것은 아니다.

맛있는 것을 먹고 싶어졌다는 것 자체가 커다란 변화라고 생각한다. 18살부터 20살까지 삿포로에서 보냈는데, 그동안 한 번도 게나 멜론이나 옥수수처럼 홋카이도나운 음식을 먹을 생각은 하지 않았다. 전혀 먹고 싶은 생각이 들지 않았다. 라면조차 학교 식당 밖에서는 먹지 않았다. 지금은 삿포로에 가면 게와 성게 알과 라면을 먹고 싶다고 생각한다. 게다가 레스토랑에서 식사를 마치고 돌아갈 때 가게 사람에게 "잘 먹었습니다. 맛있어요"라고 말하기도 한다. '잘 먹었습니다'는 둘째 치고 '맛있어요'라고는 옛날에는 입이 찢어져도 말하지 못했다. 그것을 말하게 된 자체는 절대 나쁘지 않지만, 그렇게 말하게 된 나에 대해서는 무언가를 상실한 것처럼 아련히 가슴의 통증을 느낀다.

스스로는 깨닫지 못하지만, 나이가 듦에 따른 변화는 일어나고 있는지도 모른다. 얼마 전, 친구이자 단카 시인인 아즈마 나오코 씨와 전화로 대화하고 있었는데, 한순간 침묵이 흘렀다. 그때 나오코 씨가 "통통한 스타일이 좋아졌다거나?"라고 중얼거렸다. 여자 취향에 관한 이야기라고 직감적으로 생각했지만, 전후 이야기의 흐름과 전혀 관계없는 말이었기에 묘한 느낌이 들었다. 그때 우리는 단카의 연작성에 대한 이야기를 하고 있었다. 통통한 타입과는 아무런 관계도 없다.

그러나 아무튼 알 것 같은 기분이 들었다. 단카 이야기를 계속하던 사이에 내게서 전해진 파동 같은 것이 아즈마 씨에게 조금씩 축적되어서, 그것이 일정량을 넘긴 순간 자연스레 말로 변해 입에서 흘러나온 게 아닐까. 이상한 이야기로 들릴지도 모르지만, 아즈마 씨의 작품 특성을 알고 있는 사람은 이해할 거로 생각한다. 그녀의 단카 시인으로서의 능력은 '그런 것'이다. 그 증거로 "응? 무슨 소리야?"라고 되묻자 "어라? 나 지금 이상한 소리 했어"라고 본인도 당혹해 했다.

분명 나는 옛날부터 연약한 여성을 좋아했다. 하지만 "통통한 스타일이 좋아졌다거나?"라는 소리를 들으니 어쩐지 그런 것 같기도 하다. 그 후, 통통한 스타일도 괜찮을지 모른다고 내 시야는 넓어졌다. 여류시인의 말로 인해 암시에 걸렸는지도 모르나, 나도 깨닫지 못한 무의식의 변화를 지적받은 것으로 생각한다. 덧붙이자면 아즈마 씨는 무척 날씬한 여성이다.

그 외에 어른이 되어서 바뀐 부분을 말하자면 저금을 하게 된 것이다. 작년 크리스마스에 홀로 시부야 거리를 걸을 때, 길 가던 연인이 나누는 친밀한 눈빛과 미소 곁을 비집고 나오며 나는 내 저축액을 떠올리며 고독을 견뎠다. 나도 기묘한 반응이라고 생각했지만, 반사적으로 내 존재를 보강해 줄 것을 찾았다고 생각한다. 하지만 이것은 어느 쪽이냐고 하면 애처럼 유치해서 진짜 어른이 할 일은 아닐지도 모른다.

어른이 되면서 변한 기호가 있는 반면에, 몇 년이나 인간으로서 살았어도 배우지 못한 것, 익숙해지지 않는 것, 못 하는 것도 있다. 이를테면 회전문. 그렇게 불편하고 위험하고 청소하기 힘들 법한 물건이 어째서 이 세상에 존재하는지 여전히 이해되지 않는다. 회전문 안에 들어가면 묘하게 마음이 초조해져 종종걸음치고 마는 내가 싫다. 그러나 회전문만 없다면 그런 나를 의식하지 않아도 된다. 그리고 밤밥. 어째서 밥 속에 밤을 넣는 것일까. 주식 속에 단 것이 섞여 있으면 정신 사납지 않나. 몇 년 전에 노다 히데키(연출가 겸 극작가*)의 연기를 봤을 때, 미친 왕이 사람들에게 양팔을 잡혀 끌려나가며 "밤밥은 필요 없다, 텁텁해서 싫단 말이다~"고 절규했다. 그 비통한 외침은 이야기의 줄거리와는 전혀 관계가 없어서, 어쩌면 배우의 애드리브였을지도 모르지만, 이후 나는 그 연기를 걸작이라고 평가하게 되었다.

회전문과 밤밥처럼 눈에 보이는 물건 이외에도 두려운 것은 있다. 이를테면 여럿이 이야기를 할 때, 가끔 나만 끼어들 수 없는 화제가 나오는 것. 홀로 그 영화를 보지 않았거나 할 때 말이다. 그럴 때 어찌해야 할지 모르겠다. 그 이야기가 이어지는 시간이 무시무시하게 길게 느껴져서 괴롭다. 보지 않았다는 것도 하나의 입장이므로, 그 입장에서 자연스레 듣는 역할로 돌아서거나, 맞장구를 치거나, 질문하면 되지 않느냐고 머리로는 이해하지만, 그것이 안 된다.

그런 입장이 되는 경우는 누구에게나 있으므로 가끔 그 '한 명'이 된 사람의 모습을 관찰해 내가 그렇게 되었을 때의 대응 방식을 배우려고 해 본다. 하지만 어째서인지 잘 안 된다. 낄 수 없는 화제에 대해 흥미를 나타내는 사람도, 다만 웃고 있는 사람도, 지루한 얼굴을 감추지 않는 사람도, 모두 다 자연스러운 행동으로 보인다. 그리고 나는 그 '자연스러움'이 아무래도 몸에 익질 않는다. 이상한 말이지만 제대로 지루한 표정을 짓는 것조차 안 된다. 지금도 내가 그 '한 명'이 되면 나는 그 화제가 이어지는 동안 열탕처럼 격한 혼란과 아픔 속에 있을 것이다. 그것은 단순히 이야기 속에 끼어들지 못하는 고통 이상의 물리적인 아픔의 감각이다.

열탕의 시간은 이것 말고도 있다. 가령 가게에서 계산할 때 나는 반드시 지폐를 건넨다. 금액에 맞춰 잔돈을 준비하는 그 시간을 견디지 못한다. 귀찮은 것이 아니다. 점원을 기다리게 만드는 시간 자체가 열탕 같은 아픔을 수반한다고 느낀다. 그리고 잔돈을 거슬러 받으면 확 코트 주머니 속으로 던져 넣는다. 이번에는 받은 거스름돈을 지갑에 넣는 시간을 견디지 못하는 것이다. 딱히 내 뒤에 손님이 기다리고 있는 것은 아니다. 적어도 영수증만이라도 그 자리에서 버리고 싶지만, 그것이 안 된다. 내 주머니에는 지갑 바깥쪽에 언제나 대량의 잔돈과 영수증이 넘쳐서 기분이 나쁘다.

시간 그 자체를 견디지 못한다는 이 감각은 무엇일까. 내가 숨어드는 시간의 흐름은 종종 그런 식으로 끓어올라서, 그것이 '자연스러운' 어른이 되지 못한다는 것과 관련 있는 것처럼 생각된다.

Ⅲ

흰 선 | 안쪽에서

나는 고가로 된 역의 플랫폼 의자에 앉아 전철을 기다렸다. 심호흡하자 막 완성된 역의 아직 새것인 시멘트 냄새가 났다. 계절은 4월이었으나 벌써 여름이 시작된 것 같았다. 나는 매점에서 산 라즈베리 껌의 은박지를 벗겨 입에 넣었다.

한 자리 떨어진 빈 옆자리에 아이를 데려온 엄마가 앉았다. 아이는 모자의 턱 끈을 당기면서 엄마를 줄곧 올려다보며 연방 무언가 말을 걸고 있었다. 아직 동물 수준으로, 이야기 속에 제대로 된 말은 거의 없었다.

"어떤 전철을 탈까요?" 엄마는 말했다.

"으" 하고 아이가 말했다. "으."

"어느 것일까요?" 하고 엄마는 말했다.

아이는 엄마의 얼굴을 보기만 할 뿐, 전혀 아무것도 생각하지 않는 듯하다.

"어떤 · 전철 · 일까?" 엄마는 말했다.

"노오랑" 하고 갑자기 아이는 말했다.

"노란색 말이지, 노란색 선철이 오면 타자." 엄마는 말했다.

"으." 아이는 말했다.

바보 같군. 나는 생각했다. 이 노선의 차량은 일반도 쾌속도 특급도 모두 은색과 파란색 두 가지가 섞인 색으로 노란 전철 따위 아무리 기다려도 올 리가 없다.

전철이 플랫폼으로 들어왔다. 바람 소리와 함께 문이 열린다. 나는 은박지로 싼 껌을 휴지통에 버리고는 일어서서 올라탔다. 옆의 두 사람은 의자에서 일어나지 않았다. 문이 닫히고 풍경이 천천히 뒤로 흐르기 시작했다. 플랫폼에는 엄마가 아이의 모자를 고쳐 씌워 주고 있었다.

영원히 못 탈 거야, 너희들.

칼로리론

1 *[칼로리론]*

최근 레스토랑 메뉴나 음식 포장지에 칼로리를 표시하는 경우가 많다. 그러나 칼로리와 살이 찌는 일 사이에는 실은 아무런 관계도 없다. 사람이 살이 찌는지 안 찌는지는 순전히 먹은 음식의 질량에 따라 결정된다. 질량이란 엄밀히 무게가 아니라 음식물을 양손에 양껏 압축했을 때의 덩어리 크기를 말한다. 양손으로 양껏 압축했을 때의 덩어리 크기가 더 큰 쪽을 먹으면 인간은 살찐다. 그렇다면 살찌는 것과 관계없는 열량을 메뉴나 포장지에 표시하는 것은 어째서인가. 그것은 "미트 소스가 튀김 덮밥보다 두 배나 열량이 많다니 믿을 수 없어", "이 밀크 초콜릿을 하나 먹으면 수영은 30분, 전통춤은 75분이나 계속 춰야 하나"고 생각하기 위해서다. 수영 30분은 칼로리 섭취와 소비의 균형을 이루는 행위의 예를 나타낼 뿐 실제로는 밀크 초콜릿을 먹고 전통춤을 추지 않아도 아무 일도 일어나지 않는다. 덧붙여 열량 계산에 따르면 샐러드 그릇 가득히 시저 샐러드에 치즈 가루를 뿌려서 먹으면 그것을 없애기 위해서 무려 오십육억 칠천만 년 치 전통춤이 필요하다.

2 [안마론]

안마를 받으면 기분이 좋다. 아주 기분이 좋아서 안마가 시작되자마자 그만두지 말아 달라고 외치고 싶다. 그렇게 기분이 좋음에도 나는 프로 안마사에게 안마를 받은 적이 없다. 형제나 친구나 연인 등 아마추어의 손으로도 아주 기분 좋아 닭살이 돋고 침을 흘릴 정도이므로 굵고 둥근 프로의 손으로 안마를 받으면 도대체 어떻게 될 것인가 생각하기만 해도 무시무시하다. 안마를 받으면 기분이 좋아지는 부위는 검은 피가 막혀 있는 부분이다. 어깨와 목, 등 같은 부위는 혈액 순환이 나빠서 오래된 피가 검게 변해 막혀 있다. 이런 검은 피는 산소 함유량이 적어서 몸에 필요한 산소를 보급할 수 없다. 꾹꾹 근육을 만져서 풀어 주면 그 부위에 막혀 있던 검은 피를 몰아내고, 산소를 가득 머금은 신선한 붉은 피를 끌어낸다. 그러면 몸은 충분한 산소를 얻어 되살아나고, 피부에 닭살이 돋고, 입에서 침이 흘러나온다.

3 *[허브차론]*

허브차를 마시는 것은 전 세계에서 일본인뿐이다. 애당초 외국에는 허브차라는 것이 존재하지 않는다. 일본에서 허브차라고 부르며 팔고 있는 것은 실은 단순한 이파리의 쓰레기에 지나지 않는다. 왜냐하면, 허브차의 맛과 향에서는 차로서의 필연성을 전혀 느낄 수 없고, 일단 그것들은 완전히 쓰레기 같은 외관을 하고 있다. 아무것도 수출할 것이 없는 나라의 누군가가 '그렇지, 정원에 떨어진 잎의 쓰레기를 차라고 부르고 티백에 담아 팔자'고 생각해서 일본인을 속였다. 포푸리를 잇는 쓰레기 시리즈 제2탄이다. 그것을 믿고 마신 일본인은 필연성이 없는 맛과 향에 곤혹스러워 '아무래도 이것은 정신의 진정 작용이 있는 것 같다'고 몸소 말하며 애음하기에 이른 것이다. 허브차의 조용한 향을 맡으며 나는 처음 코카콜라를 마셨을 때의 충격을 떠올린다. 색과 맛과 코를 톡톡 쏘는 자극과 소문(콜라를 마시면 뼈가 녹는다)은 압도적이어서 도저히 인간이 마실 수 있는 것으로 생각할 수 없었다.

4 [성인론]

어릴 때는 감기에 걸리면 나와 바이러스 사이에 강렬한 일체감이 생겼다. 눈앞에 색색의 타원형과 삼각형과 점점이 우수수 흘러가는 꿈에 가위눌려 파자마를 몇 개나 땀투성이로 만들고, 겨우 열이 떨어진 후에도 몸속이 흐리멍덩해서 감기에 걸리기 전의 나와는 어딘가 달라진 것 같은 감각이 남았다. 비슷한 패턴으로는 길을 잃고 모르는 풍경 속을 아무렇게나 걷다가 우연히 항상 다니던 길로 나왔을 때, 그 길을 걸으며 어딘가가 다른 감각에 사로잡혔다. 미지의 각도에서 그곳으로 들어왔을 뿐인데, 일상 체험의 축적과 시각적인 인지의 틀을 뛰어넘어 길은 간단히 '항상성'을 잃었다. 또, 내 주먹을 바라보다 지금 손톱이 갑자기 쑥 자라면 손바닥에 푹푹 찔려서 아프겠지 생각한 적도 있다. 손톱이 쑥 자라면 이라는 가성 자체의 근거 없음은 물론 깨닫고 있지만, 망상은 멈출 수 없었다. 그러나 어른이 된 지금은 감기에 걸려도 일련의 증상이 내 위를 통과해가기를 가만히 기다린다는 느낌이다. 어느 아침, 파자마 대신 대형 목욕 타월을 감고 일어나, 열이 떨어진 것을 깨닫는다. 아직 들뜬 머리로 베갯머리의 시계를 붙잡으며 배가 고프다고 생각한다.

5 [여자론]

관찰에 따르면 여자는 늘 작은 가방을 들고 다니면서 "먹을래?"라고 말하며 목캔디를 꺼낸다. 그것을 받아 와그작와그작 씹으며 "하나 더"라고 말하면 여자는 "아"라 거나 "응, 아"라고 말하며 또 하나 준다. 하나밖에 안 남았어도 자기는 먹지 않고 남에게 주는 경우가 많다. 또 한 개를 받아서 입에 넣고 와작와작 씹으면 여자는 "이제 없어"라고 말하고는 "이빨 아프지 않아?"라거나 "이가 튼튼하네"라고 말한다. 이것으로 미루어 보면 여자의 치아는 약한 것 같다. 칼슘 축적량이 적은 것일까. 그러고 보니 여자의 머리를 만지면 어쩐지 남자보다 두개골이 얇은 느낌이 든다. 시험해 보려고 머리를 잡은 손가락에 힘을 주면 "하지 마!"라고 한다. 그러나 통증 자체에는 남자보다 훨씬 강하고, 덤으로 공룡처럼 미래를 두려워하지 않는다.

갑작스런 베스트 10

인간에게 가장 중요한 것을 알고 있다. 그것은 뜨거운 마음이다. 그러나 뜨거운 마음이 무엇인지 모르는 채, 대처할 수 없는 현실이 있으면 쿨쿨 잠들어 버리는 나이다. 한밤중에 목이 말라서 비틀거리며 일어나 베개를 껴안은 채, 발표! 갑작스런 베스트 10!

만화 부문

1 데빌맨(나가이 고)

2 세븐틴 러브(아다치 데쓰)

3 핫 로드(쓰무기 다쿠)

4 마치 비누 같네(이와다테 마리코)

5 새벽(시리아가리 고토부키)

6 자학의 시(고다 요시이에)

7 퍼스펙티브 키드(히사우치 미치오)

8 프로백수 보더(다나카 아키오&카리부 말리)

9 마작 방랑기(사이바라 리에코)

10 은과 금(후쿠모토 노부유키)

나가이 고 말고는 메이저라고는 할 수 없는 작가의 걸작을 열거해 봤다. 만화는 베스트 50정도까지 바꿔 넣을만한 작품을 댈 수 있다. 오시마 유미코는 특별취급이고, 하기오 모토도 야마기시 료코도 하나와 가즈이치도 우메즈 가즈오도 우치다 요시미도 모리와키 마스미도 다카노 후미코도 구

라타 에미도 사토 시오도 사사키 노리코도 야마모토 나오키도 이마시로 다카시도 여기에는 들어 있지 않다. 《데빌맨》에 대해 누군가가 쓴 카피 '모든 인류가 꼭 읽어야 할 걸작'에 전적으로 동감한다. 《자학의 시》는 4칸 만화인데 읽으면 울게 된다. 《마작 방랑기》 마지막 권에서 사이바라가 40만 엔어치의 냉동 벚꽃 새우를 손으로 집어 먹는 장면은 아름답다. 후쿠모토 노부유키의 출현은 최근 들어 가장 충격이었다.

미스터리 부문

1 기나긴 이별(레이먼드 챈들러)

2 야수는 죽어야 한다(오야부 하루히코)

3 레이디 인 더 카(세바스티앙 자프리조)

4 외딴섬 악마(에도가와 란포)

5 마이크 해머에게 메시지(야하기 도시히코)

6 상자 속의 실락(다케모토 겐지)

7 묵시록의 여름(가사이 기요시)

8 사팔뜨기 시계(스즈키 미치오)

9 이방의 기사(시마다 소지)

10 리라장 사건(아유카와 데쓰야)

본격물에 야박한 라인업이 되었다. 오야부 하루히코의 첫 장편《야수는 죽어야 한다》는 히라이 가즈마사의 울프가이 시리즈와 비견될 청춘소설의 걸작이라고 생각한다. 내게 오야부는 오에 겐자부로와도 니시무라 쥬코와도 대신할 수 없는 존재다. F1 레이서를 주인공으로 삼은 다른 작품에서는 1권 속에 '린스킨 L로 항문부를 세정했다'는 문장이 수십 번 반복해서 등장한다. 린스킨 L은 피부 세정 솜. 레이서라는 직업상, 치질이 치명상일 수 있기에 하는 관리지만 스토리 전개에는 전혀 영향이 없음에도 불구하고, 식사 장면 뒤에는 반드시 등장하는 이 배변과 항문부 세정 묘사의 집요함은 리얼리즘을 관통한 경쾌함을 부여한다. 피부 세정 솜을 이용한 항문 세정 묘사를 몇 번이고 몇 번이고 읽는 사이에 눈앞의 시간을 살아갈 용기가 되살아난다.

꿈의 여성 부문

1 마릴린 먼로(배우)

2 요조 시레누(데빌맨 등장 인물)

3 미네 후지코(루팡 3세 등장 인물)

4 호쿠토 아키라(프로레슬러)

5 나카다이 게이코(기상 개스터)

6 린다 로링(치과의사 부인)

7 무로이 시세루(배우)

8 도가와 준(록커)

9 코린느 뤼셰르(배우)

10 미야자와 리에(배우)

어딘가 강해 보이는(라기보다 거의 흉폭해 보이는) 사람(이 아닌 경우도 섞여있지만)을 나열해버렸다. 미네 후지코는 파란색 정장을 입은 초대 루팡의 그것도 오스미 마사아키가 연출한 후지코로 한정한다. 기상 캐스터 나카다이 게이코는 "됐다 그랬지"라고 말하며 불량배의 팔을 꺾고, 시구식에서 초등학생의 공을 장외 홈런으로 쳐낸다. 미야자와 리에는 비트 다케시와 세상의 끝까지 도망치기를 바랐다.

무차별 부문(96년에 개인적으로 알게 된 것들 중에서)

1 로토 C 큐브(콘택트렌즈 케어용품)

2 녹즙(음료)

3 오가사와라 큰 박쥐 2천 엔 우표(우표)

4 일요연구가(잡지)

5 X의 토시와 요시키가 유치원 동창이었던 것(밴드 결성 이유)

6 PINK ROTARC(성인용품)

7 광란귀공자 릭 플레어의 걸음걸이(걸음걸이)

8 드래곤 스크류(프로레슬링 기술)

9 합곡(손바닥 지혈점)

10 아메요코 입구에 있는 회전초밥(초밥 가게)

건강과 관련된 것이 많은 이유는 건강 오타쿠이기 때문

이다. 건강 오타쿠란 바꿔 말하면, 자기 오타쿠를 말한다. 자기 자신을 막 다루는 인간이 멋지다고 동경했지만, 현실은 정반대여서 내가 너무 사랑스러운 나머지 녹즙까지 마시고 있다. 녹즙을 마시면 깊은 잠에 빠져서 아침에 일어날 수 없다. 회사에 지각해서 곤란하긴 해도 엄청 효과가 있는 느낌이라 끊을 수가 없다. 비 오는 날 밤 운전 중에 느끼는 눈의 통증이 나을 리가 없다는 부정적인 예감의 속박은 로토 C 큐브 안약으로 풀렸다. 같은 시리즈의 콘택트렌즈 케어 세트도 만족하지 못하면 돈을 돌려 준다는 광고 문구에 끌려 사용해 봤는데 무척 좋다. 뜨거운 물에 녹이는 감기약 '도리스탄', 비타민제 '비바메이트'도 따로따로 알았는데, 알고 보니 전부 로토제약의 제품이었다. 로토제약은 대단한지도 모른다. 드래곤 스크류는 몇 번을 봐도 뭘 하는지 모르겠다는 점이 좋다. 오가사와라 큰 박쥐 우표는 멋있다.

짐 자무시와 \ 장어

영화는 좋아하지만 보는 것은 그다지 자신 있는 편이 아니다. 영화관 좌석에 앉으면 마음이 놓여서 이것만으로도 목적의 7할은 달성한 기분이 든다. 그리고 정작 영화가 시작하면 빨리 좀 끝나라고 생각한다. 재미없어서가 아니다. 재미있는 영화일수록 심하게 그런 생각이 든다. 한시라도 빨리 '재미있는 영화를 다 본 뒤의 나'가 되어서 안심하고 싶은 것이다. 이제부터 내가 두근거리거나 감동하거나 하는 그런 기대와 긴장이 괴로워서 얼른 편해지고 싶다. 그런 것은 완전 주객전도라고 알고는 있지만, 그렇게 생각한다.

며칠 전, 어떤 술자리에 참가했다. 다양한 장르의 마니악한 지향을 가진 사람이 많은 모임으로, 옆자리 남성은 국립 어쩌고 필름센터라는 곳에서 근무한다고 했다. 그래서 별생각 없이 "영화 잘 아시겠네요. 최고의 한 편이라고 생각하는 영화는 뭐예요?"라고 묻자 주변이 잠잠해졌다. 술자리인데 분위기가 얼어붙었다. 어라? 하고 생각해서 본인의 얼굴을 보자 깜짝 놀란 듯이 눈을 부릅뜨고 있다. 이후 그는 난처한 표정을 띄우며 "그것은 좀, 어려운데, 음, 나라별이라든가, 시대별이라든가, 장르별이라든가, 작가별이라든가, 뭐랄까, 음, 아무리 그래도 최고의 한 편이라고 하면……"이라고 말하기 시작해서 미안한 기분이 들었다. 나는 내 질문이 조심성 없었다는 사실을 깨달았다.

영화를 너무너무 좋아해서 어쩔 줄 몰라 하는 사람에게 최고의 영화 한 편을 묻는 일은 인생의 궁극적인 의미나 자기 정체성의 핵심을 묻는 것과 같은 뜻이었다. 지금까지 생애에서 통산 30회 정도밖에 영화관에 간 적 없는 내게는 이야, 영화를 무척 잘 알 것 같은 사람이 있네, 그런 사람이 가장 좋아하는 영화는 뭘까, 이런 흥미 위주의 질문이었지만 나쁜 짓을 하고야 말았다. 그 질문을 말한 순간 주위가 조용해진 것은 사람들은 그때 세련되고 화목한 곳에 갑자기 야만인이 출현한 것을 보고 놀랐기 때문이다.

그러나 그 후, 옆자리의 필름센터 씨는 "영화라는 것은 역사가 짧은 장르니까, 어느 시기까지는 영화를 좋아하는 사람은 '전부 보는' 것이 가능했었죠"라는 등 무시무시한 이야기를 친절하게 해 주었다.

영화로 실패한 일이라면 또 하나 떠오르는 것이 《천국보다 낯선》이다. 나는 그 영화를 당시 사귀던 여자친구와 함께 보러 갔다. 흑백의 이야기가 새까만 화면에서 이어진다, 이는 뭐라 말할 수 없는 신기한 인상의 작품이었다. 영화관을 나와 걸으면서 나는 재미없었다고 감상을 말했다. 여자친구는 그래에? 하고 말했다. 그럼, 하고 나는 말했다. 그런 것은 정말 꽝이다.

그 후 둘이서 식사를 했다. 장어 가게에서 장어 덮밥을 먹는 동안, 문득 아까 영화가 좋았다는 기분이 내 마음속에서 끓어올랐다. 날씨가 변하듯이 갑자기 그렇게 되어서 내심 낭패라고 생각했지만 역시 이것은 정정해야 할 것 같아 해초 초무침을 먹고 있는 여자친구를 불렀다. 있잖아, 아까 영화, 역시 좋았어. 작은 소리로 그리 말하자 여자친구는 미심쩍어하며 어? 뭔 소리야, 라고 했다. 아니, 역시 좋았어, 《천국보다 낯선》. 아니, 아까는 진짜 별로라고 얘기했잖아. 응, 아까는 그렇게 생각했었지. 그런데 역시 엄청 좋은 영화였어, 그거.

여자친구는 기가 찬 표정을 짓고, 나는 뭐라고 변명하려고 했지만 나도 내 마음의 변화를 이해할 수 없었으므로 제대로 설명할 수 없었다. 다양한 장르의 예를 상기해 봐도 고작 몇십 분 만에 이렇게 크게 평가가 뒤집힌 경우는 없었다. 짐 자무시와 장어의 조합으로 마음에 화학 변화가 일어난 것일까.

그 후, 지금까지 《천국보다 낯선》은 굉장한 영화라는 평가가 내 마음에서 정착되었다. 그러나 여자친구는 이 사람은 신뢰할 수 없다는 평가가 정착된 듯하다. 그 탓만은 아니겠지만, 얼마 후 그녀와는 헤어졌다. 《다운 바이 로DOWN BY LAW》는 아직 보지 않았다.

먼로의 | 호랑이

앤서니 서머스의 《여신 마릴린 먼로》를 훌훌 넘기고 있을 때, 한 장의 사진이 눈에 들어왔다.

"마릴린은 왼편 나무 그늘이 진 방에서 죽어 '발견'되었다. 24시간 전에 배달부가 장난감 호랑이를 배달했다 – 정원 잔디 위에 던져진 호랑이 인형이 그것으로 짐작된다"는 짧은 문장이 붙은 흑백사진에는 먼로의 집과 정원, 그리고 잔디 위에 살아 있는 개처럼 보이는 동물이 찍혀 있다.

사진을 보고, 무척 기묘한 느낌이 들었다. 그러나 기묘

함의 핵심을 말로 표현하기는 어려운데, 어째서 이 호랑이는 이런 곳에 굴러다니는가, 라고 밖에 표현할 방법이 없는 느낌이었다.

마릴린 먼로의 죽음이라는 CIA부터 대통령까지 휘말린 대사건이 일어난 직후라면 현장은 다양한 인간의 생각이 엉켜 혼란한 상태였으리라 상상이 되며, 그곳에는 어떤 일이 일어나도 이상하지 않다. 하지만 그것을 고려해도 잔디 위에 굴러다니는 호랑이의 모습에는 어딘가 위화감을 주는 무언가가 있다.

사진에 이어 다음의 본문 기술을 읽고 나는 충격과 함께 위화감의 의미를 이해했다.

"배달부가 소포를 배달했다. 마릴린은 소포를 열어 내용물인 호랑이 인형을 안은 채 풀장으로 나갔다. 호랑이를 안은 채 말도 없이 풀 사이드에 주저앉았다. (중략) 호랑이에 어지간히 호된 메시지가 딸려 있었나 - 이상한 생각일지도 모르지만 - 호랑이 그 자체가 어떤 신호가 아니었을까. 아무튼, 이때부터 마릴린은 마침내 자제심을 잃은 것이었다."

이상한 생각일지도 모르지만, 이라고 미리 양해를 구하며 기술한 호랑이 자체가 어떤 신호였다고 말하는 저자의 직관은 아마 옳을 것이다. 그리고 그 '이상함'은 왜 호랑이가 이런 곳에 있는가, 라고 밖에 표현할 수 없었던 나 자신의 위화감과 연동하고 있다. 양자를 연결하는 것은 호랑이가 띠고 있는 '어떤 신호'와도 같은 이상한 의미의 밀도로, 그 '사자'성은 이를테면 연인이 보낸 부정적인 메시지라고 할, 상상할 법한 사실성의 틀을 초월하고 있다. 그 '사자'성이야말로 사진 속 호랑이에게 있을 수 없는 존재의 존재감=위화감을 주고, 동시에 '이때부터 마릴린은 마침내 자제심을 잃은 것이었다'는 저자의 확신을 끌어낸다.

물론 호랑이 인형 자체가 여배우에게 무시무시한 재앙을 가져온 것은 아니다. 호랑이는 어디까지나 '사자'이며, 마릴린에게 '그때'가 다했음을 전달하는 존재였음에 지나지 않는다. 그녀 인생의 다른 지점에 나타났더라면 호랑이는 행복의 '사자'일 수도 있었다.

마릴린 먼로의 사진집을 보면 금방 깨닫는 것은 그녀가

무시무시할 정도로 포토제닉한 존재라는 사실이다. 본명인 노마 진에서 마릴린 먼로에 이르는 과정에서 성형수술과 머리카락 탈색 등으로 인한 외관의 변화에 좌우되지 않고 모든 사진의 모든 표정이 강렬하게 빛난다. 그 반짝임은 배경인 하늘과 바다, 카메라맨의 의도와 재능, 더 나아가 카메라라고 하는 기계 자체에까지 영향을 미치고 있는 듯하다.

이 여름, 나는 시내의 백화점에서 열린 마릴린 먼로 전에 다녀왔다. 그곳에 전시된 한 장의 흰 블라우스를 보고 목둘레가 무척 가늘다고 느낀 순간 유리 케이스 반대편에서 뜨거운 바람이 불어오는 감각에 사로잡혔다. 포토제닉이란 그야말로 생에서 특이한 의미의 밀도를 나타내는 말이나 다름없다. 그녀 자신이 틀림없이 세상에서의 '그때'를 고하는 '사자' 한 사람이었다.

스위트 | 양키 하트

고등학생 시절, 은옥색 안경에 7대 3 가르마를 한 나는 불량청소년을 동경했다. 1980년 나고야 부근에서는 불량청소년이란 기장이 긴 학생복, 큰 바지에 좁은 에나멜 흰색 벨트를 하고 파이프 마크가 달린 카디건, 눈썹을 밀고, 두께 5밀리의 책가방을 휘두르며 "춤추자"고 소리 지르는 것. 마음에 들지 않는 체육 교사의 차 머플러에 바나나를 집어넣는 것. 세븐업으로 머리카락을 탈색한 여자아이와 서로 사랑하며, 시내버스 안에서 갑자기 "할머니한테 자리 양보해"

라고 화내는 것이었다.

10년 전 겨울에 만화《핫 로드》를 읽고는 '15세, 여름, 몇 개의 후미등을 봤었다'에 눈시울을 적시며 폭주족에 들어가고 싶다고 생각했지만, 나이 제한에 크게 걸리므로 포기했다. 29세, 겨울, 켜 놓고 내버려 둔 히터 때문에 목이 칼칼했다.

이듬해 겨울, 독자에게서 한 통의 편지가 왔다. 편지 속 '고교 중퇴'라는 글자가 신경이 쓰여서 전화해 봤다. 허스키한 목소리의 상대방과는 이야기가 잘 통해 "미토 이즈미(전 스모선수*)를 닮은 여자입니다"라는 한 마디에 겁먹으면서도 만나기로 했다.

당일, 나타난 것은 바지 정장에 선글라스를 낀 무서운 미인. 카페에서 자리에 앉자마자 그녀의 휴대전화가 울려 "아직 일이 남아서 죄송합니다"라고 이쪽에 양해를 구한 후 전화를 받았는데 "오늘은 성년의 날이죠. 저도 얼마 전에 성년이 되었거든요. 너무 괴롭히지 마세요"란 말 직후에 "됐으니까 사장 바꿔, 사장"이라고 소리치는 능숙한 업무 태

도였다.

전화를 끊고 John Player Special 블랙을 줄담배 피우는 그녀와 이야기했다. 애독서는 시드니 셸던, 세상에서 가장 소중한 것은 부모님, "선생님을 만나려고 5kg 감량하고 왔습니다"고 선언하고, 긴장해서 머리가 아프다며 두통약 세 알을 한꺼번에 삼켰다.

결정타로 "선생님 드리려고 부적 만들어 왔어요"라는 말에 완벽하게 거꾸러진 나는 엉겁결에 그녀의 손을 잡고 "결혼하자"고 외쳤다.

아이 | 패치

그녀의 연인은 레이서였다. 세상에서 가장 빠른 연인의 생일에 그녀는 한 권의 시집을 선물했다. 어느 밤, 그녀가 잠에 빠진 무렵, 지구 반대편에서는 크게 부서진 차 안에서 아름다운 시집이 불타오르고 있었다.

◇

세상이란 완전히 시적인 곳이다. 만일 당신이 그곳에서

시 이외의 것을 발견한다면 그것은 있을 수 없는 것을 본 것이다. 있을 수 없는 것은 당신에게 웃으며 "담배 한 개비 얻을 수 있을까요?"라고 접근해 "아, 빌리는 김에 불도"라고 한다. 순순히 담배를 건넨 당신은 있을 수 없는 것의 존재를 아무래도 믿을 수가 없다. 이런 일이 있을 수 있단 말인가. 망연자실한 당신 앞에 있을 수 없는 것은 만족스럽게 담배를 피우며 연신 무언가 이야기하고 있다. 당신은 무심코 손에 든 담뱃불을 상대방의 안구에 꾹 눌러버린다. 그러자 있을 수 없는 것의 입에서 "꺅"이라는 시가 튀어나오고, 금세 당신은 편안한 기분에 휩싸인다.

◇

아일톤 세나가 죽은 지금은, 하고 중얼대며 아가씨는 모닥불 속으로 화장품을 던져 전부 태워버렸습니다. 그리고 비탄함에 몸을 맡기고 머리칼을 자르고, 아파치 야구단에 입단했습니다. 원숭이가 센터를 맡는 야만스러운 야구단에. 아가씨는 어떻게 될까요. 아가씨의 등 번호는 몇 번이고, 포지션은 어디일까요.

그리고 나는 아가씨의 방을 빌렸습니다. 아가씨의 책상에 앉아 아가씨의 노트를 펼칩니다. 그 위에 내가 아는 모든 글자를 썼습니다. 라리루레로 라리루레로 라리루레로, 저는 라 행을 잘 씁니다.

아파치 야구단의 마운드를 지키는 것은 아르튀르 랭보, 오른쪽 눈에 까만색 아이패치를 붙인 외눈의 실력 있는 투수다. 그러나 그는 외눈인 탓에 원근감이 위태로워서 데드볼을 남발할까 두려워하기도 했다. 9회 2사 만루. 랭보의 결정구는 타자 코앞을 스쳐 백네트에 꽂혔다. 상대방은 엉덩방아를 찧은 채 일어나질 못한다. 객석에서 터져 나오는 거센 야유를 받으며, 랭보는 자신의 아이 패치를 가리키며 외친다.

"옛날에, 가당찮은 변태 자식이 갑자기 담뱃불로 지졌다고. 불만 있으면 그 자식한테 말해."

◇

"그럼, 우선 먼저 지원 동기를 알려 주세요."

"말(언어*)을 좋아하기 때문입니다."

"세상은 어떻습니까? 세상은 좋아하십니까?"

"…… 잘, 모르겠습니다."

"당신이 좋아하는 말은 무엇입니까?"

"라 행입니다."

"호오, 라 행입니까?"

"라리루레로 라리루레로 라리루레로."

"상당히 잘하시네요. 그 외에는?"

"라 행밖에 모릅니다."

"네? 라 행뿐인가요?"

면접관들은 서로 얼굴을 맞대고선 고개를 갸웃거리고,

저는 단카 시인 주식회사의 면접에 떨어졌습니다.

◇

“이리될 것이 아니었습니다. 저는 제 튼튼한 어깨와 호수비에 자신 있었습니다. 금방 1군 선수가 되어서 매일 열심히 경기하고, 그 사람에 대해서도, 모조리 잊을 수 있을 거로 생각했습니다. 하지만 이 꼴을 어쩌면 좋습니까. 등 번호도 없고, 포지션도 없고. 벤치에 들어가는 것도 허락되지 않고, 이런 곳에 갇혀서 매일 매일 아이 패치나 바느질하고 있다니. 아이 패치, 아이 패치, 아이 패치. 이제 아이 패치 따위 쳐다보기도 싫어요.”

◇

랭보의 강속구에 관자놀이를 맞은 파이리츠의 설리번 선수는 그 일로 인해 머리가 완전히 이상해져서 은퇴할 처지에 놓였다. 맛이 간 설리번은 조종기뿐인 철인 28호를 갖고 기쁘다는 듯 놀며 지냈는데, 어느 날 아침, 볕이 잘 드는 욕실에 타자기를 갖고 들어가 맹렬히 자판을 두드리기 시작했다.

"세상이란 완전히 시적인 곳이다. 만일 당신이 그곳에서 시 이외의 것을 발견한다면 그것은 있을 수 없는 것을 본 것이다. 있을 수 없는 것은 당신에게 웃으며……."

◇

어느 새벽의 일이다. '똑똑'하고 노크 소리가 나서 내가 졸린 눈을 비비며 문을 열자, 거기에는 화상으로 전신이 짓무른 젊은 남자가 서 있었습니다.

"세나!"

"아가씨는?"

"아파치 야구단에 들어갔어. 당신이, 당신이 죽어버렸으니까."

"말도 안 돼!"

그렇게 외치며 아일톤 세나는 방에서 뛰쳐나갔습니다.

나는 창문을 열어젖혔다. 세나의 빨간색 차가 밤거리를 가르듯 휙 날아가는 것이 보입니다.

나는 밤하늘을 향해 소리쳤습니다.

"라리루레로 라리루레로 라리루레로!"

◇

빨간색 차 한 대가 엄청난 속도로 백미러에 다가오더니 순식간에 내 차를 앞질러 갔다. 그리고 이상한 기술로 전방의 차 무리를 지나쳐 눈 깜짝할 사이에 보이지 않는다.

"흐엑" 하고 나는 말했다.

조수석의 아내는 짧게 휘파람을 불었다.

"마치 세나 같네."

후기

"누구든지, 제일 좋아하는 상대방이라도, 자기 자신에 비하면 십 분의 일도 좋아하지 않는구나, 당신은." 10년간 사귀었던 상대가 어느 날, 내게 그렇게 말했다. 비난하는 말투는 아니었다. 줄곧 함께 지내다 느낀 점이 자연스레 입에서 나온 인상이었다.

따져 보면 누구나 그렇지 않겠습니까? 자신을 사랑하지 않는 인간은 타인도 사랑할 수 없다거나 대가 없는 사랑이라고 해도 결국은 자기만족의 변형이 아닌가 하는 이런저런 변명이 머릿속에 맴돌았지만, 어느 것도 입 밖으로 낼 수 없었다. 그녀의 말은 옳았다. 그녀는 그 순간에도 나를 좋아했다.

살아가는 일의 의미를 알고 싶었다. 굉장한 사람이 되고 싶었다. 나는 분명히 그런 식으로 생각했을 것이다. 지금도 그렇게 생각한다. 그러나 그런 소원 모두는 어느 틈엔가 "이 세상은 한 번뿐, 주인공은 누구? 중요한 것은 뭐지?"라는 질문과 강력하게 얽힌다. 이 세상은 한 번뿐, 주인공은 '나', 중요한 것은 '나의 꿈.' 그 결과, 무슨 일이 벌어졌나.

궁극의 사랑을 결정적인 누군가를 찾아 로맨틱한 이상의 만남(역 플랫폼의 이쪽 편과 저쪽 편에서 우연히 눈이 마주친다. 그 순간, 굉음과 함께 양쪽 전철이 들어온다. 나는 그 '눈' 탓에 아무래도 전철을 탈 수 없다. 전철이 사라진 다음, 망연히 서 있는 내 앞에 역시 아무도 없는 저편에 단 한 명만이 남아 이쪽을 쳐다보는 모습이 보인다. 당신이다)을 반복해서 꿈꿔 온 나이지만, 그 '결정적인 누군가'는 결국 '나' 자신뿐인 것이 아닐까.

어떤 현실의 만남도, 살아 있는 연인도, 옛 친구도, 내 자식도, 결국은 '나의 꿈'에 방해였던 것이 아닐까. 그래서 그들은 모두 사라져 갔다. 가장 행복한 나라의, 가장 행복한 시대의, 가장 행복한 날들 속에서 모두 허깨비가 되었다. 내게는 바라던 바대로 '나'와 '나의 꿈'만이 남아 있다.

지금의 나는 인간이 자신을 극한까지 사랑하면 어떻게 되는가, 자신을 이용해 인체실험을 자행한 것처럼 느껴진다. 이 책은 말하자면 그 보고서다. 비타민 애송이, 과자빵 지옥, 외둥이, 연애유령, 청춘 좀비, 세계음치……. 감정부터 사소한 행동에 이르는 모든 것에 솔직하도록 주의를 기울였다.

《단카라는 폭탄》, 《서신마 마미, 여름의 이사(토끼와 함께)》에 이어 또다시 함께 일하게 된 편집자 무라이 야스시 씨, 고맙습니다.

역 플랫폼에서의 이상적인 만남의 이야기를 몇 번이고 거듭하는 나에게 "회전 초밥 촬영하시죠." "좋은 가게를 찾았습니다." "참치, 계란, 참치, 계란 순서로 가는 것 좋겠죠." "오이 김밥도 섞어 볼까요?" 등등, 현실의 재미와 대단함을 알려 준 열정에 감사 드립니다.

2002년 2월 2일(밤) 내 방에서

호무라 히로시

문고판 후기

첫 수필집인《세계음치》가 문고본으로 나왔습니다.

지금도 처음 보는 사람과 통성명을 하면 “아, 그 침대에서 과자빵을 먹는……”이라는 소리를 듣는 경우가 있어서, 기쁘면서도 곤란한 마음이 듭니다.

그것 말고 다른 일도 하고 있습니다만.

“최근에는 주로 어떤 과자빵을 드시나요?”하고 반짝이는 눈으로 물으면, 질문을 존댓말로 하는 것도 그러네, 속으로 생각하면서도 초조하게 뭘 먹더라 생각해 봅니다.

오렌지빵이나 소금 단팥빵이나 한입 크기 소금 단팥빵 정도인가.

약간 단 맛을 좋아하고 딱딱한 종류는 잘 안 먹습니다.

이번 장정 및 표지 사진은 단행본에 이어 이와세 도오루 씨에게 부탁했습니다.

'회전 초밥 가게의 빨간 셔츠 군'의 새 버전입니다.

감사합니다.

편집자 무라이 야스시 씨는 멋진 해설을 써 주셨습니다.

고맙습니다.

2009년 8월 3일 월요일

호무라 히로시

《세계음치》가 만들어지기까지

무라이 야쓰시
(쇼가쿠칸 출판사)

1 내용에 관해서

호무라 히로시 씨의 책을 맡은 것은 이번이 세 권 째입니다.

어느 단카 시인이 '이것은 입문서가 아니라 파문서다'라고 중얼거렸다는, 과격한 단카 입문서 《단카라는 폭탄》을 낸 것이 2000년 3월. 다음은 이제껏 없었던 타입의 연작 시집으로 만들어 보자는 생각을 실현한 다카노 아야 씨의 그림과 협업한 《서신마 마미, 여름의 이사(토끼와 함께)》를 이듬해 6월에 냈습니다. 입문서, 단카집을 했으니 다음은 수필집을 내자고 이야기가 되어서 《서신마 마미》의 제작과 병행해서 호무라 씨는 니혼게이자이 신문 〈프롬나드〉란에 실로 터무니없는 주제로 에세이를 게재하기 시작했습니다.

단카 시인의 신문 연재 에세이라고 하면 시 짓기를 둘러싼 일을, 계절의 변화와 함께 온화하게 기술하는…… 그런 이미지가 있습니다만, 호무라 씨가 선택한 주제는 완전히 이질적인 것이었습니다. 이제 슬슬 마흔이지만 독신, 부모님과 함께 살고 있는 샐러리맨이 어떻게 '세상'에 위화감을 느끼며 한심한 일상을 보내는가, 하는 것만을 집요하고도 구체적으로 이래도냐, 이래도냐, 하며 썼습니다.

그 일상이 어떠한 것인지 《세계음치》 단행본판 띠지의 카피를 인용해 보겠습니다.

'초밥 가게에서 주문을 무시당하고, 밤중에 과자빵을 탐닉하고, 녹즙 비타민을 복용하면서, 인터넷에서 옛 애인을

검색한다.'

어떻습니까, 대단하죠.

그 외에도 술자리에서 자리를 이동하지 못하고, 눈길에 미끄러진 연인의 손을 '꺅' 소리 지르며 놓아 버리고, 홈런 볼을 맞을까 무서워서 야구를 보러 가지 못하고, 자기 방 창문을 십여 년간 열어 본 적이 없는 등등 무심코 망연히 폭소한 뒤 나도 그럴지도 모른다고 생각하게 만드는 에피소드가 매주 꼬리를 물고 등장하는 이 에세이는 일본 경제를 짊어진 진지한 '니혼게이자이 신문' 지면 속에서 각별한 아우라를 뿜어 냈습니다.

연재를 시작한지 몇 개월 뒤, 인터넷 검색 엔진에서 '호무라 히로시, 닛케이신문'을 넣어 검색해 봤습니다. 그러자 지금까지 호무라 히로시 씨의 존재를 몰랐던 것으로 짐작되는 수많은 사람이 니혼게이자이 신문의 호무라 히로시 에세이가 재미있다, 마치 내 얘기 같아서 안타깝다, 너무 한심해서 신경 써 주고 싶어진다, 등의 뜨거운 반응을 보이고 있었습니다.

독자 한명 한명이 '이것은 내 이야기다', '호무라 히로시는 나의(저의) 분신이다'라고 생각하게 하고, 안타까워 죽을 것 같고, 사랑스러운 기분이 들게 만드는 힘을 지녔다는 점에서 호무라 히로시는 '헤이세이의 다자이 오사무'가 아닌가. 담당 편집자는 이렇게 생각하기도 합니다.

2 장정에 관하여

《단카라는 폭탄》의 장정은 다니타 이치로 씨. 선명하고 강렬한 적과 흑이 세차게 닥쳐오는 CG입니다. 《서신마 마미》의 장정은 다카노 아야 씨의 귀엽고 에로틱한 그림을 야마다 다쿠야 씨가 멋지게 디자인해 주셨습니다.

CG → 그림, 그럼 다음은 사진으로 가자고 결정했습니다. 이 부분은 입문서 → 단카집 → 수필집이라는 흐름과 비슷합니다.

'세계음치인 나'를 강렬하게 어필하다 보니 이번에는 과감히 호무라 씨 본인의 사진을 표지로 씁시다! 고 저는 호무라 씨에게 제안했습니다. 몇 초간 기가 꺾인 호무라 씨였습니다만, 편집자의 눈에서 심상치 않음을 느꼈는지 기분 좋게 수락해 주셨습니다.

사진을 사용한 날카롭지만 경쾌한 장정이 특기인 디자이너 이와세 도루 씨에게 장정을 부탁해서 이와세 씨와 교정지를 읽은 후 상담했습니다.

"회전 초밥이나 패밀리 레스토랑, 또는 과자빵을 먹는 느낌 어떨까요?"

"그림으로 보면 회전 초밥이 재미있을 것 같아요. 회전 초밥의 윤회인거죠. 사진가는 그러게요, 고바야시 기유 씨가 좋지 않을까요?"

그렇게 말하고 이와세 씨는 그 자리에서 고바야시 기유 씨에게 전화를 걸었습니다. 사진가이자 에세이스트로서 충실한 작업을 하는 고바야시 씨에게 촬영을 부탁할 수 있다니, 이 책은 잘 될 것 같다고 편집자는 방싯방싯 웃으며 집으로 돌아갔습니다.

그리고 다음은 촬영 장소 탐색입니다. 인터넷 검색으로 '회전 초밥'을 검색했지만 이것은 아니었습니다. 모두 '맛이 있나 없나'에만 대해 쓰고 있었습니다. 그것은 그렇겠죠.

그래서 회사가 있는 진보초와 근처인 스이도바시 오차노미즈 일대의 회전 초밥 가게를 이 잡듯이 돌아다니며 촬영 장소를 구하기로 했습니다. 고바야시 · 이와세 · 무라이 트리오는 어느 날 오후 6곳의 회전 초밥 가게를 돌고, 안 먹을 수도 없으니 가게마다 한 사람 당 2접시 씩 주문, 게다가 반드시 가게를 나올 때는 '자, 기념사진을'이라고 말하고 고바야시 씨가 디지털카메라로 가게 내부를 촬영하는—곁에서 보면 섬뜩하다고밖에 표현할 길이 없는—행동을 벌이고 있었습니다.

표지에 찍힌 가게는 그 헌팅으로 결정한 〈진보초 회전하는 초밥 바다〉입니다. 카운터 상부에 '뜨거운 물이 나오는 선반'이 없고, 벽 색깔도 희고 심플하다는 것이 영광의 제1위를 차지한 이유입니다. 아, 맛도 굉장히 좋습니다. 현재는 인테리어가 바뀌었습니다만, 도쿄 간다 진보초 교차

점에서 바로이니, 꼭 한번 들러보세요(추신: 이후 아쉽게도 문을 닫음).

촬영은 며칠 뒤, 문 열기 전인 아침 9시부터 시작했습니다. 호무라 씨는 고바야시 씨의 요청에 응해 새로 산 빨간색 셔츠(랄프 로렌)를 입고, 홀로 카운터에 앉습니다. 참치(빨강)·달걀말이(노랑) 순서를 기본으로 군데군데 오이 김밥(검정과 녹색)으로 악센트를 주는 접시 구성도 괜찮게 되었습니다. 카운터 안에서 초밥을 만들어 주는 장인은 "이것만으로 괜찮으시겠어요? 오늘은 더 좋은 재료가 있는데 말입니다"라고 말씀하셨지만…….

덧붙여서 쇼가쿠칸 문고판인 본서 《세계음치》의 표지는 같은 날에 촬영한 단행본 표지와는 다른 사진을 사용했습니다. 단행본 버전에서는 디지털 처리를 통해 초밥이 시속 백 킬로미터로(?)로 고속 회전했지만, 문고판에서는 멈춰 있습니다. 이 미묘한 차이를 즐기고 싶으신 분은 단행본도 꼭 구입해 주세요.

촬영 종료는 11시 반. 촬영용으로 만든 초밥을 다함께 먹으면 끝입니다.

"호무라 씨, 그런데 어제 뭐 먹었어요?"

"회전 초밥이요"

"아니, 오늘 먹을 것을 알았으면서 어째서요?"

"그거야 좋아하니까요"

음, 역시 이 남자는 평범하지 않습니다!

* 원서의 표지는 저자 호무라 히로시의 사진을 실었으나 한국어판에서는 사정에 맞추어 일러스트로 대체했습니다.

초출 목록

I

〈1억년 후의 생일〉〈회전 초밥 가게에서〉〈돼지해의 연하장〉〈가짜 안경〉〈엄마〉〈비타민 애송이〉〈1초로〉〈단팥빵〉〈세계음치〉〈또다시, 세계음치〉〈팜피Pampy〉〈과자빵 지옥〉〈연애 유령〉〈그 창 너머에〉〈전환 스위치〉〈지옥의 드라이브〉〈얼굴을 가리고〉〈잼가린〉〈아직 자니?〉〈오만 오천 분의 일〉〈외둥이〉〈이 세상에 존재하지 않는 것〉〈전 좌석 자유석〉〈연애의 3요소〉〈청춘 좀비〉 —— 니혼게이자이 신문 〈프롬나드〉 2001년 1월~6월

〈분실물 천사〉〈당신의 우라시마島, 나의 바쿠獏〉〈예의범절〉〈무서운 러브레터〉〈어서 오세요, 데니스로〉〈추억이 없는 남자〉 —— 시나노 마이니치 신문 2001년 9월~12월 연재분에 가필

〈책을 버리다〉〈청과 흑〉〈인생의 경험치〉〈원숭이의 휴대전화〉〈어른의 묘미〉〈졌다고 생각할 때〉 —— 교도통신 1999년에 가필

〈벌꿀 입문〉 —— 교도통신 1997년에 가필

〈점〉〈도망치다〉〈마중 나갈게〉 —— 새로 씀

Ⅱ

〈7월의 기억〉 —— **《가도카와 단카》 1996년 7월호**

〈텔레비전 님〉 —— **새로 씀**

〈계마〉 —— **《중학교육》 2000년 6월호**

〈공포의 등번호〉 —— **《Paju》 2002년 창간호**

〈링 반데룽[ring wandering]〉 —— **《가도카와 단카》 1995년 10월호**

〈1983 · 요쓰야〉 —— **《가도카와 단카》 1996년 9월호**

〈어른 리포트〉 —— **새로 씀**

Ⅲ

〈흰 선 안쪽에서〉 —— **《단카 연구》 1994년 10월호**

〈칼로리론〉 —— **《쥬부 단카》 1996년 6월호**

〈갑작스런 베스트 텐〉 —— **《쥬부 단카》 1998년 3월호**

〈짐 자무시와 장어〉 —— **《키네마 준보》 2001년 10월 상순호**

〈먼로의 호랑이〉 —— **《가단》 1998년 1월호**

〈스위트 양키 하트〉 —— **《유리카》 1994년 3월호**

〈아이 패치〉 —— **《쥬부 단카》 1997년 6월호**

세계음치 世界音痴

2016년 10월 1일 초판 1쇄 인쇄
2016년 10월 10일 초판 1쇄 발행

지은이 호무라 히로시
옮긴이 박수현
단카 감수 박지영

펴낸이 정상석
기획 • 편집 문희언
디자인 여만엽
일러스트 임익종
브랜드 haru(하루)
펴낸 곳 터닝포인트(www.turningpoint.co.kr)
등록번호 2005. 2. 17 제6-738호
주소 (121-868) 서울시 마포구 동교로27길 53 지남빌딩 308호
전화 (02) 332-7646
팩스 (02) 3142-7646
ISBN 978-89-94158-02-0 03830
정가 14,000원

haru(하루)는 터닝포인트의 인문·교양·에세이 임프린트입니다.

이 도서의 국립중앙도서관 출판예정도서목록(CIP)은 서지정보유통지원시스템 홈페이지(http://seoji.nl.go.kr)와 국가자료공동목록시스템(http://www.nl.go.kr/kolisnet)에서 이용하실 수 있습니다.
(CIP제어번호: CIP2016022009)